Indómito

Indómito

Vladimir Hernández

Rocaeditorial

Novela ganadora del Premio Internacional de novela negra L'H Confidencial en su décima edición. Premio coorganizado por el Ayuntamiento de L'Hospitalet.

© Vladimir Hernández, 2016

Primera edición: abril de 2016

© de esta edición: Roca Editorial de Libros, S.L.
Av. Marquès de l'Argentera 17, pral.
08003 Barcelona
actualidad@rocaeditorial.com
www.rocalibros.com

Impreso por RODESA
Villatuerta (Navarra)

ISBN: 978-84-16306-88-6
Depósito legal: B. 4.908-2016
Código IBIC: FF; FH

RE06886

Para Manuel Vázquez Montalbán,
Donald Westlake y Elmore Leonard.

Prólogo

*E*l dolor movió los hilos y tiró de Durán.

Abrió los ojos: tinieblas y opresión; un peso abrumador lo empujaba bocabajo contra la tierra como si llevara el mundo cargado sobre la espalda; un dolor ardiente le atenazó el costado izquierdo. No recordaba nada. Hizo un esfuerzo por moverse, por intentar incorporarse, y le falló el impulso. Inspiró profundamente dentro de la salvadora burbuja de aire. Algo de consistencia arenosa se le escurrió entre los hombros, le entró en los oídos. Era consciente del cuerpo humano, inmóvil, tendido sobre el suyo, y también del líquido viscoso que le bajaba por el cabello y la frente y se le metía en los ojos: sangre.

Entonces lo comprendió.

Estaba bajo tierra. Sepultado vivo.

El corazón de Durán se encabritó, la adrenalina entró rugiendo en sus venas. Un temblor incontrolable se apoderó de su cuerpo. Luchó contra el *shock* y el sentimiento opresivo, tratando de sobreponerse al pánico que le llegaba en oleadas. Buscó a tientas y tropezó con algo sólido, quizás un saliente de roca soterrada. La tierra húmeda y pedregosa se le metía bajo la ropa y pronto, cuando cambiara de posición, entraría por sus fosas nasales y lo sofocaría.

No, no iba a morir, se dijo. No iba a renunciar ahora.

Se centró en la urgencia, en el vigoroso instinto de supervivencia que latía en su interior. Tomó aliento y sirviéndose del saliente giró a duras penas hasta encontrar cierta verticalidad, lo que redujo la presión sobre él. Tuvo mucha suerte de que la tierra no estuviera apelmazada. Afincó los pies al saliente y comenzó a abrirse paso hacia arriba con las manos desnudas, cavando su camino hacia el oxígeno y la vida, viendo relámpagos bajo sus párpados cerrados, la mandíbula apretada con fuerza, los pulmones a punto de colapsarse.

El terreno cedió y su mano extendida halló el vacío. Tanteó a ciegas, buscando asidero. Encontró algo sólido y alargado: una rama o una raíz. Serviría. Su otra mano sintió el tacto de la piel de un antebrazo bajo él y lo aferró por acto reflejo. Dio un último empuje, se alzó y emergió a un suelo de tierra removida, lombrices, guijarros y hojarasca. Con el cuerpo aún medio enterrado, abrió la boca y se llenó los pulmones de aire vivificante.

La noche tropical había perdido su calidez. Una brisa fría soplaba desde el norte y arrancaba quejidos de las ramas de los árboles. Tosió y expulsó hierbajos y tierra fangosa.

La sangre en su cabeza era de otra persona.

Rubén. La sangre era de Rubén.

El recuerdo lo estremeció. Su mano enterrada seguía aferrando el antebrazo de Rubén. Maniobró para salir del todo y luego sacó el cuerpo muerto de su amigo; había recibido un impacto de bala en el pecho, y otro disparo le había arrancado la mitad del rostro.

Aquel cadáver le había salvado la vida.

El dolor lacerante regresó y lo hizo jadear. Se tocó el costado y los dedos se le mancharon de sangre, esta vez suya. Rendido por el esfuerzo, se tendió sobre la hojarasca y contempló el cielo nocturno sobre El Bosque de La Habana. La luna llena era enorme en el firmamento sin estrellas. Un mundo de grises y negros. Escuchó el murmullo del Almendares, el roce del agua contra los cantos en la ribera del río; se concentró en el olor de la humedad y en las siluetas de los algarrobos, los almendros y las lianas que colgaban de los falsos laureles. Sus temblores remitieron progresivamente.

Mientras pensaba en lo ocurrido, la luna siguió su curso entre los árboles y las sombras del bosque reptaron hacia él.

PRIMERA PARTE

El trabajo

«El dinero es la red, el asidero. El dinero es gravedad.
El dinero es lo único que nos impide caer
en el negro vacío interestelar.»

DONALD WESTLAKE

1

*E*l mundo ardía en el noticiero de Cubavisión. Globales: banderas cubanas quemadas en las revueltas de Venezuela, escalada de tensiones entre rusos y ucranianos en Crimea, decapitaciones yihadistas en Oriente Medio. Domésticas: el peso pesado Teófilo Stevenson, más glorioso que Mike Tyson y Mohamed Ali en el inconsciente colectivo patrio, había muerto, y un brote de cólera —una reliquia del siglo XIX— se había cobrado veinte muertos en la zona oriental del país.

Puede que todo se estuviera yendo a pique, pero Durán tenía problemas más cercanos y apremiantes. Su vida en la prisión del Combinado del Este parecía haber entrado en un ciclo terminal: Sampedro, el jefe de galera, pronto regresaría del hospital de reclusos, con un riñón de menos pero con fuertes sospechas sobre Durán; Alacrán le había mandado un recado asegurándole que se diera por muerto en cuanto saliera del castigo en la celda tapiada; el sargento Cartaya seguía insinuando que más tarde o más temprano terminaría cayendo en sus manos, y aquella misma mañana el pasillero del pabellón le dio el chivatazo de que alguien le había pagado a un par de negros de la tercera planta para que «pincharan» a Durán cuando estuviera en el patio deportivo.

Y pese a todo, la concreción de tales amenazas carecía

de inmediatez, se dijo. Ya se ocuparía de lidiar con ellas cuando llegara el momento.

Sentado en la oficina del reeducador, persistiendo en su hermetismo, la mirada de Durán seguía un patrón inercial que iba desde el movimiento de los labios del reeducador a la ventana, a las noticias en el televisor Panda chino y de vuelta al rostro prosaico del teniente Julito. El oficial, un tipo gordinflón y rubicundo con acento pinareño, hablaba sin parar, inmerso en su monólogo sobre la rehabilitación de reclusos, una rutina estéril, de palabrería vacua, de trámite burocrático sin más objetivo que agotar el horario laboral. La bombilla apagada en el extremo del cable que pendía del techo era más interesante que el discurso del reeducador. Cualquier cosa que Julito dijera poseía menos objetividad que una predicción meteorológica a largo plazo.

En la pantalla del Panda un funcionario del Ministerio de Industria y Comercio, con la boca eclipsada por un mostacho a lo Pancho Villa manchado de nicotina, hablaba en términos grandilocuentes sobre el empoderamiento del capital humano. Empoderamiento. Últimamente aquella palabreja se había puesto de moda en los discursos insulares. Los dirigentes políticos aludían al pueblo empoderado, las feministas denunciaban el falso empoderamiento de la mujer y los disidentes clamaban por empoderar la democracia. En cualquier momento hasta un obtuso de gran calibre como Julito optaría por incorporarla a su conversación.

El obtuso en cuestión interrumpió la perorata de golpe. Se quedó en silencio unos segundos, carraspeó y, con toda naturalidad, como si se tratara de un tema del que hubieran estado debatiendo antes, le anunció:

—Todo parece indicar que hoy te voy a dar salida.

Durán no entendía a qué se refería. En un entorno carcelario dar salida podía significar muchas cosas, algunas de ellas indeseables, y otras letales.

—Te vas pa' la calle —dijo el hombre—. Han elevado tu condicional.

Durán lo miró con fijeza, tratando de evaluar indicios de mentira o burla en la expresión del reeducador. La luz vespertina se filtraba entre las persianas y caía en haces oblicuos sobre el rostro de Julito. En el aire había polvo en suspensión procedente de la cercana planta de prefabricados; cuando el eje de luz las capturaba, las motas de polvo brillaban fugazmente, como un efecto barato de holografía en una escena de película de ciencia ficción de bajo presupuesto.

—Parece que alguien de arriba te quiere mucho —añadió el oficial.

—¿Qué?

—Que no me engañas. A mí no me jode nadie, y menos un habanerito de mierda como tú. —Se sacó la gorra del uniforme y señaló su cabello ralo y un poco grasiento—. Mírame las canas. ¿Tú crees que las tengo por gusto? —Le apuntó con un índice amenazador—. Cuando tú ibas, yo ya venía de vuelta, así que me las sé todas; las que están inventadas y las que van a inventarse.

Durán se encogió de hombros.

—Tienes que haberte echado un marido importante —lo aguijoneó el otro—; algún mayimbe de los gordos, alguien con miedo a que aquí dentro te deformen el culo de tanto cogértelo. —Remedó un puchero infantil—: Pobrecita la niña con su culito roto. Seguro que no pudiste aguantar más la presión por falta de hombría y saliste corriendo a coger un teléfono como una putica para llamarlo y soltarle un llantén para que te sacara de aquí, ¿verdad?

Durán ignoró la provocación. Afuera todo habría sido diferente —los riesgos, los protocolos, la resolución de los problemas—, pero afuera era otro mundo, otras reglas, casi una dimensión paralela. De todos modos, esas palabras no significaban nada. Después de año y medio de ci-

17

tas quincenales de carácter obligatorio con el reeducador, sabía que a Julito le gustaba reinventarse, cambiar de pose, alternar los roles de inquisidor y compadre; a veces lo ofendía y lo amenazaba, otras lo alababa y le decía que estaba haciendo progresos en el camino a su reinserción en la sociedad. Julito hablaba mucho, como si disfrutara al escuchar el sonido de su propia voz, sin advertir lo que la experiencia carcelaria le había hecho a Durán: la mirada fatigada, el mutismo tenso, el progresivo cambio de actitud, la alerta codificada en su lenguaje corporal. Si no era capaz de notar al nuevo Durán, mucho menos podría tocarlo con sus ofensas de celador mediocre.

—Pero te olvidaste de una cosa muy importante. Para usar el teléfono hay que pedirme permiso a mí. Tú lo sabes. Dime, ¿quién coño te autorizó a hacer esa llamada? ¿Quién fue?

Lo mejor era callar. Cualquier cosa podía agravar su situación.

—¿No vas a contestarme?

Silencio.

—Entonces fuiste hasta allí tú solito y, desobedeciendo el reglamento, cogiste el teléfono sin permiso, así, porque tú eres facultoso y dueño de tus actos.

Durán negó con un movimiento de cabeza; un gesto escueto, cansino.

—Ajá —dijo Julito burlón—. Al pájaro le comieron la lengüita. ¿Tampoco vas a decirme a quién llamaste por teléfono para que te sacara de aquí? ¿Y por qué no se me contactó antes para avisarme que el Tribunal Provincial había autorizado tu libertad condicional?

—Yo no sé nada de eso.

—No sabrás nada, pero te veo muy tranquilo, muy ecuánime. Como si no te sorprendiera la noticia. Explícame tú por qué, faltándote todavía por cumplir cinco años y medio de condena, de sopetón, sin que nadie se reuniera previamente conmigo para leer tu expediente y ver lo que opino de tu rehabilitación, llego hoy al penal y me bajan la orientación de soltarte esta misma tarde.

Más silencio.

—Da igual que no respondas. Se nota que hay un mayimbe velando por ti, y aquí el que tiene padrino se bautiza. —La mueca deformó su rostro—. Me ganaste este *round* y tienes suerte de que yo sea un buen perdedor. Pero te voy a decir una cosa, Mario Durán, y no quiero que se te olvide. —Se inclinó hacia adelante, con ensayado histrionismo—: Por mucho padrino que tengas, no vayas a pensar que vas a estar a salvo de mí, haciendo lo que te dé la gana por ahí. La ley hay que cumplirla, así que pienso seguir controlándote durante todo el tiempo que dure tu licencia extrapenal. No eres libre —insistió—. No estás de vacaciones. Estás en régimen de excarcelación condicionada, sujeta a reglas, y bajo la estricta supervisión de la PNR. Métetelo en la chola, muchacho. Voy a estar puesto pa' ti de a'lleno durante mucho tiempo; y a la primera que hagas, te parto las patas, ¿me oíste?

Él asintió.

—Las normas de comportamiento social están restringidas —añadió Julito—. Nada de carnavales ni fiestas, ni relacionarse con gente que tenga antecedentes delictivos; nada de tomar bebidas alcohólicas en lugares públicos ni salir de la provincia. Y todos los días de la semana, todos sin excepción, a las nueve de la noche te trancas en tu casa y te quedas allí hasta que vuelva a salir el sol. —Luego recalcó lo evidente—: Si incumples uno solo de esos requisitos volverás al régimen carcelario a cumplir los cinco años y medio que te faltan.

A Durán le daba igual, con tal de que lo dejaran marcharse hoy mismo.

El reeducador se le quedó mirando, escrutándolo pensativo. Lo descolocaba el laconismo de Durán, su aparente falta de entusiasmo.

—Bien —dijo al fin—. ¿Dónde vas a vivir?

19

—No lo sé.

—No lo sabes. ¿No tienes casa?

—No —dijo Durán.

—Pero antes de ganarte esta beca vivías en algún lado, ¿no?

—Vivía con mi novia. Pero ya no estamos juntos. Me escribió una carta hace un año para explicarme que lo nuestro se había acabado.

—No quiso esperarte. Seguro que se buscó otro bacán —dijo Julito con un tono de fingida contrariedad. Chasqueó los labios—. Ay, ay…, ¿adónde vamos a llegar con estas mujeres que no saben aguantar ni un año y medio sin marido?

Durán no dijo nada. En realidad, Zenya le había escrito para comunicarle que vendía la casa en Playa y se marchaba del país; se había hecho ciudadana española y se iba a Madrid a vivir con la nueva familia de su padre. Le deseaba lo mejor.

—Entonces, ¿dónde vas a quedarte?

—No lo sé todavía —dijo él—. Tengo amigos. Me quedaré en la casa de uno de ellos por un tiempo…

—¿Ves? Ahí eres *out* por regla, papo; si no tienes un domicilio fijo en el que podamos localizarte vuelves pa' acá en menos de lo que canta un gallo. Rectifica.

Rectificar era fácil.

—Estaré viviendo en casa de mi padre.

—Así me gusta; aprendes rápido. La casa de tu viejo. ¿Y dónde será eso?

—En Centro Habana.

—No te hagas el tarúpido si no quieres que me acompleje contigo. Me puedo olvidar de este trámite fácilmente hasta mañana a mediodía. ¿Quieres dormir esta noche en la galera?

—Vive en San Rafael, al lado de la tienda Flogar.

—Eso ya está mejor. —Julito abrió el expediente que tenía sobre la mesa y le extendió una planilla impresa—.

Escríbeme ahí la dirección exacta. Si vas a vivir en Centro Habana, la PNR que te corresponde está en la calle Zanja. Te daré la nota de excarcelación para que se la entregues al jefe de sector. Él será el encargado de seguir tu caso y hacerte un carné de identidad provisional. Tendrás que conseguirte un trabajo para... —se interrumpió—. ¿Por qué no estás escribiendo?

—No sé la dirección exacta. Primero tengo que llegar al sitio y ubicarme.

—Ubicarte, ¿no? —La sonrisa infantil del reeducador se ensanchó—. Claro que sí, vamos a resolverte, pa' que luego no le digas a esa gentuza del periodismo disidente que los del Combinado del Este somos unos cuadrados y abusamos de los derechos humanos de la gente.

Julito dobló la planilla por la mitad, sacó un bolígrafo Bic del bolsillo del uniforme y escribió una numeración al dorso; Durán vio que se trataba de un número de teléfono móvil. El oficial añadió una dirección postal.

Le entregó el papel y dijo:

—Ahí te puse mi número de celular y la dirección donde vivo. Si tienes algún problema, me vas a ver a mi casa en el Cotorro. Y quiero que me llames en cuanto te hayas ubicado. Tienes tres días para hacerlo: PNR, jefe de sector y llamarme. Estás advertido; si no tengo noticias tuyas en tres días a más tardar, te pongo una orden de búsqueda y captura y... de vuelta pal penal y directo pa' la tapiada. ¿Te queda claro, Mario?

—Sí.

—¿Alguna pregunta?, ¿alguna duda?

—¿Cuándo podré irme?

—¿'Tas tan apurado? —soltó Julito con sorna—. ¿Tienes ganitas de saltar a los brazos de tu mayimbe?

Durán no respondió. Julito se rio de su chiste recurrente y dijo:

—Vete pa' la galera a recoger tus pertenencias y después repórtate en Depósitos y ve a guardarropía para que

21

te cambies, firmes unos papeles y recojas la nota que tienes que entregarle al jefe de sector. Te vas dentro de dos horas.

Durán salió de la oficina con el papel estrujado dentro del puño, dejando atrás la debacle mundial presagiada en Cubavisión, las provocaciones de Julito; con cada paso que daba sentía que a Sampedro, Alacrán, Cartaya, los sicarios de la tercera planta y todo aquel reducto de gente miserable se los tragaba el pasado.

2

Durán pasó las alambradas, chequeó en las garitas de los puestos de control y se apresuró por la calle que subía hacia la autopista Monumental. El sol de la tarde aún pegaba fuerte, arrancándole fogaje al pavimento y a las aceras de cemento agrietado, buscando superficies reflectantes para encandilar retinas. Después de tantos meses de horizontes encapsulados y luz insuficiente, la libertad ofrecía extraños matices sensoriales, de insospechada agresividad.

Los agujereados zapatos que le habían dado en Guardarropía eran dos tallas más que la suya y la tela áspera de la ropa de civil —pantalón de lona azul y camisa de faena rural— empezó a darle picazón. Echaba de menos una gorra con visera para protegerse del resplandor. Más arriba, a la derecha del camino, tropezó con las múltiples vallas de la publicidad ideológica estatal: «LIBERTAD PARA LOS CINCO HÉROES PRISIONEROS DEL IMPERIO» ponía una; «¡RESISTIREMOS!» rezaba otra, seguida por la lapidaria «CUBA, ÚLTIMO BALUARTE DE LA LIBERTAD»; y otra más, sobredimensionada, representaba los rostros sonrientes de Fidel, Raúl, Chávez y Maduro, coronados con una leyenda en rojo carcomido por el sol: «HAREMOS REALIDAD EL SUEÑO DE BOLÍVAR Y MARTÍ». La aridez del dogma impreso añadió impulso a sus pasos y salió a buscar el abrazo del viento en el pinar donde la calle se fundía con la autopista.

Un sonido de bocina, estridente.

—¡La vida es un cachumbambé! —gritó alguien al otro lado de la vía.

Rubén.

Sonriente, a lomos de su imponente criatura fetiche: una Harley-Davidson restaurada, revestida en cromo y negro satinado. Rubén adoraba aquella moto. La Duo-Glide de 1958, de lo último que había entrado en Cuba antes de que todo se jodiera, solía decir; motor Panhead de 74 pulgadas cúbicas y 55 caballos de fuerza, con asiento basculante, doble suspensión hidráulica y puntas de cromo en los guardabarros.

Rubén puso la moto en marcha y cruzó la autopista en dirección a Durán, el Big Twin ronroneando su potencia agazapada; más de cerca, se distinguía el toque personalizado: faros auxiliares Cobra Bullet de luz halógena fabricados en aleación de aluminio, el manillar alzado tipo Ape Hanger para conducir al estilo «puños al viento» y neumáticos nuevos. Sin parabrisas.

Durán hizo una mueca.

—Cómo te gusta especular, bróder.

Rubén detuvo la moto junto a él, sin apagar el motor. Vestía una camisa a cuadros abotonada hasta el cuello, tejanos azules desteñidos y zapatillas Adidas Drive Athletic negras de suela fina. Gafas de sol Ray-Ban polarizadas ocultaban sus ojos. Era más delgado que Durán y tenía los brazos largos, por eso había escogido el manillar Ape Hanger.

—Nada de especulación. —Se levantó las gafas hasta la frente—. Hasta hace unos días estaba encerrado en el tanque, comiéndome tremendo cable, y ahora… —Extendió los brazos y dijo con satisfacción—: Vuelvo a ser libre como el viento.

Durán no estaba tan seguro de aquello. Había apren-

24

dido por las malas que la libertad no era algo que pudiese darse por sentado.

—¿Se puede saber por qué no me esperaste a la salida de la garita? Si te tomaste el trabajo de venir hasta aquí para recogerme, podrías haberme ahorrado la caminata bajo el sol.

—Preferí evitarme ver tus lágrimas de emoción al salir por esa puerta. Y de paso pudiste leer las novedades en las vallas.

—¿Novedades? No me jodas, Rube, en este país no cambia nada hace más de medio siglo.

Se dieron un abrazo. Muy fuerte. Un abrazo de estrecha y firme hermandad.

—Hueles a pocilga, Mayito —se quejó Rubén—. ¿Tenías miedo de ir a la ducha, o es por esa ropa de indigente que te han encasquetado?

Él puso cara de circunstancias.

—Trágico —dijo su amigo—. Bota ese trapo y ponte un pulóver de los que llevo ahí atrás. Después compramos algo de tu talla.

Durán revisó la alforja al costado del guardabarros trasero; cuero con laterales reforzados, remaches y tachuelas decorativas cromadas. Otro toque *custom* incluía un segundo asiento de cuero negro sobre el guardabarros con un pequeño respaldo acolchado. En la alforja encontró una camiseta negra de mangas cortas, con el logotipo Harley-Davidson estampado. En otra época la prenda le habría quedado demasiado ajustada, pero ahora, con el volumen perdido en prisión, le quedaba perfecta. Tiró la camisa de faena al hierbazal.

—Ahora estás más presentable. Parecías un palestino con esa facha.

—¿Sabes algo de mi puro?

—¿El viejo Gilberto? Sigue vivito y dando guerra, si es lo que quieres saber.

—Debí imaginarlo. Bicho malo nunca muere.

—Tú lo has dicho. Un superviviente nato, de la vieja guardia.

El solo hecho de que Rubén lo estuviera esperando respondía su pregunta más urgente. Pero Durán tenía otras dudas.

—¿Cuándo saliste, Rube?

—Hace dos semanas. Condicional.

—Qué suerte.

—Tiene su explicación.

—¿Cómo te las arreglaste para sacarme de ahí?

—No me digas ahora que le cogiste cariño al tanque.

Durán no dijo nada. Esperó.

—Tenemos trabajo —declaró Rubén.

Una respuesta diáfana, plena de significado. Rubén había pactado su salida de prisión. Con quién y para qué ya se enteraría él a su debido tiempo. Lo importante era estar fuera. Y el precio, claro. Todo tenía su precio.

—¿Vas a subirte, Mayito? —dijo Rubén girando el puño del manillar para darle gas al Big Twin—. ¿O prefieres ir caminando hasta La Habana?

—¿No tendrás una gorra por ahí?

Rubén lo miró con expresión suspicaz.

—¿Una gorra?

—Sí. Una gorra de béisbol, con visera.

—¿De Los Yankees de New York o de Industriales?

—Me da igual.

—Coño, Mayo, la vida en prisión te ha jodido los gustos. ¿Ahora resulta que eres fan de la pelota?

—Es por el sol.

—No tengo gorra, pero te voy a resolver algo mejor.

Se sacó del bolsillo otras Ray-Ban, gafas de aviador de montura metálica, y se las tendió a Durán.

—¿Contento?

—Estás hecho un mago, colega.

—Bien. Entonces acaba de subirte de una vez.

Durán montó y salieron por la Monumental, acelerando hacia el norte y luego torciendo gradualmente al oeste, en dirección a la ciudad. En aquel momento todo era especial: el rugido Harley, el verde paisaje llano poblado de palmeras enanas pasando vertiginoso y el viento marítimo embistiéndolos de frente.

27

3

Se conocieron en 2005, durante la reconcentración militar para los diferidos, el periodo de cumplimiento obligatorio de catorce meses de servicio activo para aquellos que ingresarían en carreras universitarias. Los futuros estudiantes de la CUJAE, movilizados desde septiembre, habían sido destinados a una base militar en Matanzas. Ese día, los pelotones de «politécnicos» habían estado entrenándose en el campo de tiro.

Durán, que optara por Telecomunicaciones y Electrónica, terminó su turno de dos horas, sudoroso por el peso del fusil Kalashnikov y oliendo a pólvora, y se sentó bajo la sombra de una ceiba que crecía cerca de las letrinas.

—Tienes perra puntería con el AKM, mi socio —le comentó un recluta bloqueándole la vista de la batería de dianas—. Tal parece que hayas estado en alguna guerra.

Durán levantó la mirada y evaluó al desconocido. Moreno, de rostro imberbe, delgado, el pelo rizado y un poco largo, la sonrisa amistosa; del tipo astuto pero directo que cada día era más difícil encontrar. Se llamaba Rubén Figueredo y había escogido Informática. A Durán le pareció chévere.

Hicieron buenas migas desde el primer momento. Colegas tal para cual. A diferencia de la generación perdida de sus padres, y de la posterior generación del desencanto

—o más bien del lamento—, renegaban del proyecto social colectivo. Como tantos otros hijos del Periodo Especial, forjados en el falso aperturismo económico y el ambiente pragmático del posmilenio, se sentían libres del compromiso ideológico de antaño. Solo creían en la iniciativa personal. Daban por sentado que los dados políticos estaban echados y regía un cada vez menos discreto sálvese quien pueda como antesala a un futuro con más incertidumbres.

La amistad hizo que los meses de reclutamiento resultaran más llevaderos. Tenían gustos musicales similares, evitaban el ron y preferían la cerveza importada, odiaban la estrategia del béisbol y adoraban el fútbol. Complementaron sus quejas; Rubén lamentó que su novia del instituto se le adelantara en la universidad; Durán tenía problemas para acatar órdenes. Los dos encontraban soporíferas las clases de preparación jurídica y ridículas las de protección contra armas de exterminio en masa —la lógica de tales contramedidas los eludía—, y sobre todo, ambos odiaban la fatigosa y autocomplaciente actitud de los reclutas de Cibernética.

—Qué mal disparan esos mareados de La Colina —comentó un día Rubén viéndolos en el campo de tiro—. Y a propósito, Mayito, nunca me contaste por qué coño tienes tan buena puntería.

—Puede que lo lleve en la sangre —dijo Durán sabiendo que le contaba una verdad a medias—. Mi abuelo se enroló en las Brigadas Internacionales durante la Guerra Civil española y mi padre estuvo en los años ochenta en Angola.

—Pues será hereditario, macho. Tiras como un cabrón *sniper*.

4

Atravesaron el Túnel de la Bahía para entrar en la ciudad; subieron por Zulueta y luego tomaron Neptuno dejando atrás los barrios de San Leopoldo y Cayo Hueso hasta llegar al Vedado. La Harley-Davidson quedó a cargo del parqueador de un estacionamiento de la calle Veinticinco.

Hicieron una parada de compras en el Habana Libre para que Durán se deshiciera del hedor del Combinado; tejanos negros, zapatillas Romsey Hi-Tec color tierra y una camisa de mangas largas que ocultara la palidez carcelaria de sus brazos. Mientras Rubén bebía una cerveza y sufría con la orquesta de Michel Legrand en el bar Las cañitas, Durán se coló en los sanitarios para caballeros del hotel, trabó la puerta con la silla del cobrador nocturno y probó su primer baño de agua caliente en año y medio. Utilizó el agua del grifo del lavabo y el gel de manos del dispensador para lavarse el cabello y la piel grasienta, dejando un charco de espuma sucia con aroma cítrico sobre las baldosas blancas. Se secó con la toalla que antes se había agenciado —por descuido de una turista en la piscina junto al bar— y se vistió rápidamente.

Al mirarse al espejo confirmó la notable mejora de su aspecto, aunque sus ojos grises seguían pareciéndole cansados.

Bajaron de la planta de Las cañitas y abandonaron el hotel para entrar en la paladar que les gustaba, junto a Las Bulerías. Pidieron algo rústico: frijoles negros, arroz blanco, mazas de puerco frito y yuca con mojo. No tenían Heineken, pero se contentaron con Cristal servida casi a punto de congelación. Durán tuvo que reconocer que nunca antes una cerveza Cristal le había parecido tan buena. El local tenía altavoces con música de fondo: boleros. Él se concentró en la energía de la calle: el tráfico estruendoso que bajaba por la cuesta de L hacia Coppelia, el paso zombi de algunos transeúntes, los pícaros acosando a los turistas. La mayoría de las mujeres seguían favoreciendo los *leggings* y la ropa de licra.

Pensaba en el abismo económico entre la gente, en la cantidad de dinero que Rubén acababa de gastar en él; solo con lo que habían costado las Hi-Tec una persona podía vivir varios meses con cierta holgura.

Ignoraron los postres y pasaron al café; fuerte, amargo, humeante. Rubén encendió un cigarrillo. Antes no fumaba; seguramente había empezado a hacerlo bajo el estrés de la reclusión.

—No me conviertas en un fumador pasivo, Rube —bromeó Durán—. Así fue como mataron a Steve Jobs y Michael Crichton.

—Esos sí que eran tipos geniales.

—Por eso lo digo.

Su amigo asumió expresión de gravedad.

—Alguien quiere dar un palo grande —dijo como si eso lo explicara todo, y de hecho lo hacía—. Un tipo arrestao, ambicioso. Lo tiene todo planificado y nos quiere a bordo. Por eso estamos fuera, Mayito. La libertad condicional depende de nuestra absoluta cooperación.

—Lo suponía. Los milagros no existen.

—Exacto.

—Pero no somos ladrones.

—El trabajo implica programación y penetración de

cortafuegos. Eso sabemos hacerlo. Y nos pagan bien. De hecho, me han dado quinientos cucos por adelantado.

Durán asintió.

—¿Cómo averiguaron que eras idóneo para ese trabajo?

—Buena pregunta. No lo sé.

—Pero estabas guardado en el tanque. ¿Cómo dieron contigo?

Le contó. Un mes atrás apareció un oficial en su galera y le dijo que lo acompañara al pabellón de visitas. A Rubén le había extrañado mucho, pues no tenía visitas familiares hasta cuarenta y cinco días después. Pensó que se trataría de su madre con malas noticias pero resultó que lo esperaba un desconocido; un negro alto, musculoso, con la actitud de quien está acostumbrado a dar órdenes. Dijo llamarse Sandoval y tener potestad para torcer las reglas a su favor; le aseguró estar en condiciones de ponerlo en libertad a cambio de que Rubén se incorporara a su equipo. Planeaban dar un golpe. Un trabajito rápido, limpio y bien remunerado, había añadido el hombre.

—No iba a negarme —confesó Rubén—. Me ofrecía la salida inmediata, y en la galera las cosas se me estaban poniendo muy difíciles.

Durán no replicó. A los dos meses de estar recluido en el Combinado había escuchado rumores de la violación de un carne-fresca en el edificio 2, al que habían reducido a la fuerza y con una chaveta de cerámica rajándole la piel de la garganta. Y hoy, durante el trayecto en moto, había advertido el comienzo de una cicatriz en el cuello de Rubén, disimulada por la camisa abotonada hasta arriba.

—El caso es que le di el *okey* y a los quince días, como por arte de magia, ya me estaban dando la condicional. Sandoval se presentó en mi casa días después, me pagó el adelanto y me explicó algunos pormenores del trabajo.

—¿Cómo conseguiste que me sacara a mí también?

Rubén sonrió.

—Tú y yo somos un equipo. Tú sales por donde salga yo. No iba a dejarte ahí dentro para que te comieran los leones.

—En serio. ¿Cómo lo convenciste?

—Fue fácil. Me explicó que quería anular un panel de alarma y dejar ciegas varias cámaras de vigilancia; le dije que sin ti me sería imposible hacerlo. Insistí en que tu participación es imprescindible. Yo puedo usar un programa para *hackear* el sistema y arreglármelas con los cortafuegos, pero no les puedo construir un *gadget* con protocolos multifrecuencia.

—Ya veo. ¿Cuánto nos pagarán cuando el trabajo esté hecho?

—No fue tan específico, pero su conversación sugería que podríamos estar hablando de unos quince kilos.

—¿En pesos?

—¿Tú me ves cara de comemierda? Quince K en CUC, por cabeza.

Quince mil pesos convertibles no era una cantidad desdeñable pero, desde luego, dependía del factor riesgo que implicara la operación.

—¿Dónde vamos a dar el palo?

—No lo dijo.

—¿Habrá más gente en el equipo, o solo él y nosotros?

—No lo sé.

—Hay muchas cosas que pareces no saber. No me gusta.

—Pero lo vamos a hacer de todos modos, ¿no?

Durán no respondió. Desvió la mirada hacia la ventana de la paladar. A través del cristal veía la puerta giratoria de un hotel cercano. Aquel trabajo podía convertirse en una puerta giratoria, para regresar a prisión. Paradójicamente, negarse conducía a lo mismo: volver a las fauces de Sampedro, Alacrán o cualquier otro depredador carcelario, por no mencionar ese mal menor que era el teniente Julito.

—Este asunto no tiene vuelta atrás, mi hermano —le confesó Rubén como si pudiera leerle el pensamiento.

Eso sin discusión. Siempre adelante, sin pausa ni retroceso. A veces tenía la impresión de que toda su vida había transcurrido en modo *fast forward*.

Pidieron otra ronda de Cristal; le estaban tomando el gusto a «cristalizar».

—Háblame de ese Sandoval.

—No puedo decirte mucho —dijo Rubén—. Tiene aspecto de tipo duro.

—Dijiste que parece acostumbrado a mandar. ¿Militar?

—No. Parece un delincuente, el típico matón alfa que se rodea de jenízaros de poca monta para hacer que las cosas se lleven a cabo. Cosas ilegales. Se nota que tiene cierta autonomía al llevar el asunto, pero me parece que es un intermediario, que responde ante alguien de más arriba, el verdadero cerebro detrás del golpe.

—Un mayimbe —dijo Durán pensativo—. ¿Conociste a Julito, el reeducador del edificio 2?

—¿Julito el Pecador, como le decían en mi galera? Tremendo anormal. ¿También te atendía a ti?

—Sí. Parecía molesto por mi salida anticipada y estuvo dándome la lata hasta el último momento, acusándome de tener un protector afuera. Al final resulta que tenía razón con sus sospechas; solo un pincho tiene las conexiones adecuadas para sacarnos de la cárcel saltándose las reglas. Me temo que a ese no le vamos a ver la cara.

—Ni falta que nos hace. Cumplir y cobrar es lo único que cuenta aquí.

Durán se terminó la cerveza.

—¿Cuándo conoceré a Sandoval?

—Hoy mismo. Vamos a reunirnos con él esta noche. Me dio una dirección de Nuevo Vedado.

—¿Su casa?

—No creo. A Sandoval le gusta el misterio. No va a quemar su propia casa.

—Y te apuesto lo que quieras a que el Hombre Invisible no aparece por allí.

—Ya te dije, eso no tiene la menor importancia. ¿Te preocupa algo?

—Sí. ¿Dónde voy a dormir hoy?

—Me ofendes, Mayito. Deberías saber que en mi casa hay una habitación con tu nombre.

—Me alegra saberlo. ¿Nos vamos?

Dejaron la mesa. Rubén fue a pagar la cuenta y Durán lo esperó en la puerta del local. En los altavoces sonaba Bola de Nieve; cantaba el tema *No puedo ser feliz*, un bolero desgarrador sobre un amor imposible, prisionero de su época; el Bola cantaba en tono bajo, casi declamando, al borde de las lágrimas, como si ser prisionero de su época y sus circunstancias fuera algo exclusivo del amor.

5

Se habían graduado de sus respectivas ingenierías en 2011. Durán fue destinado a Etecsa, la empresa telefónica que ostentaba el monopolio nacional de las telecomunicaciones. Su labor con sistemas telemáticos era interesante pero su sueldo en pesos equivalía a unos míseros nueve dólares mensuales, en una ciudad que exigía mucho más que eso para sobrevivir cada semana.

A Rubén le fue peor; había sido un alumno brillante, que aspiraba a trabajar en la prestigiosa empresa de soluciones informáticas Desoft, pero lo obligaron a cumplir el servicio social como administrador de redes en una empresa de estudios demográficos donde sus talentos se malgastaban y solo ganaba diez CUC al mes.

Ambos tenían una necesidad vital de dinero, así que muy pronto empezaron a rebuscárselas realizando servicios de instalación clandestinos. Las prohibiciones y los controles habían generado una demanda feroz de infraestructuras informáticas y *hardware,* y en un país donde los únicos recursos disponibles son propiedad estatal por decreto, no queda otra que sustraerlos y enajenarlos en el mercado negro para obtener el mejor margen de beneficio. Comenzaron instalando redes inalámbricas para jugadores y receptores de televisión satelital que el propio Durán se encargaba de ensamblar. Después pasaron a montar redes alternativas para distribuir archivos audiovisuales bajados de internet o traídos del exterior.

Todo iba bien; sabían hilar fino y cubrir sus rastros.

Y entonces Rubén, siempre un paso por delante de él, le propuso vender acceso a internet. Era un negocio muy peligroso, pues acceder a internet era la más enfermiza de las prohibiciones del Gobierno y uno de los más lucrativos renglones de Etecsa para sus clientes privilegiados, pero Rubén le habló de su peregrina idea de crear *doppelgängers*, duplicados de las cuentas de acceso configurados de tal modo que los auténticos clientes nunca detectaran que sus cuentas estaban siendo pirateadas por otros usuarios. Durán conseguiría cuentas con buen ancho de banda —ideales para correr Skype y burlar las exorbitantes tarifas de telefonía móvil— y Rubén montaría los sistemas modificados para los clientes clandestinos.

«Tiene que funcionar, Mayo. Confía en mí.»

Así fue. Pusieron el plan en marcha. Pericia, azar, equilibrismo.

Funcionó; al menos durante algún tiempo.

Hasta que les estalló en la cara.

6

*S*e fueron al reparto residencial Nuevo Vedado siguiendo la estela dejada por la alta burguesía a mediados de los años cuarenta para emplazarse en una zona más exclusiva que El Vedado. Mansiones, edificaciones de estilo modernista, palmeras, abundancia de áreas verdes. Rubén condujo la Harley por la avenida Veintiséis, pasó el Acapulco y se desvió antes de llegar al zoo, subiendo por una calle rodeada de casonas de lujo con dos y tres plantas de altura y jardines cercados; se notaba que la mayoría de los inmuebles pertenecían a ministros, militares de alto nivel, artistas de renombre, dirigentes de empresas estatales y gente con auténtico poder adquisitivo.

La casa que buscaban quedaba al final de una breve cuesta interrumpida por un exuberante montecito de casuarinas y florecidos framboyanes; una villa de dos plantas con cercado de alambre galvanizado cubierto de enredaderas que ocultaban el jardín y la planta baja. Les abrió la verja un tipo flaco y alto de cabello entrecano, vestido con mono de trabajo de mezclilla azul y botas de montaña Caterpillar. Se presentó como el Zurdo, llevaba barba de cuatro días y se notaba enseguida que su ojo derecho era una prótesis de cristal; sin dejar de vigilar la calle con el ojo bueno, asintió y les hizo señas para que se apresuraran a entrar.

El césped y el jardín estaban descuidados, pero la fachada de piedra jaimanita conservaba su elegancia original. Ventanales de carpintería metálica, terrazas en la planta alta, cornisas, y techos de teja roja a dos aguas. En la parte delantera crecían los cocoteros y por encima de la villa asomaban varios penachos de palma real. Por indicaciones del dueño, Rubén aparcó la moto en la entrada del garaje de tres plazas y luego Durán y él lo siguieron por la escalera que subía a la primera planta. En el interior, grandes espacios, muebles de época, cuadros, suelos de granito, estucados, una amplitud y confort superiores a cualquier cosa que Durán hubiera habitado en su vida.

El Zurdo los llevó a un salón al fondo de la casa y, sin preguntarles, trajo una botella de ron dorado Legendario, tres vasos, y sirvió generosas dosis. Bebieron.

—Tenemos que esperar a que estemos todos —explicó el hombre, aunque era una información innecesaria.

Se sentaron. Los muebles del salón estaban ejecutados en bambú barnizado y tapizados de tela acolchada con estampado de diseño muaré. Desde el sofá donde estaba, a través del cortinaje, Durán echó un vistazo al patio trasero: una piscina vacía, un par de bancos de hierro fundido esmaltados de blanco a la sombra de un gran árbol de mango. El Zurdo y Rubén hablaron de nimiedades mientras Durán se dedicaba a observar, sobre todo al anfitrión; el tipo no le encajaba con la casa. El Zurdo tenía unos cuarenta años, lentitud de movimientos y sonrisas gratuitas para acompañar cada cosa que decía, pero en general su conversación era vaga, pobre y poco fluida; se interrumpía a medio camino de lo que iba diciendo, presuponía al hablar, terminaba muchas frases con opacidad y repetía demasiado a menudo «ya tú sabes» o «tú sabes cómo es eso». El contraste entre la mirada de su ojo inquieto y el vacío del ojo de cristal resultaba perturbador; él lo sabía y parecía disfrutar con el efecto.

Una hora más tarde, sobre las siete, llamaron por el intercomunicador de la verja. El Zurdo fue a atender y los dejó solos.

—Tú sabes por qué le dicen Zurdo a ese, ¿verdad, Mayito? —le preguntó Rubén sonriendo, relajado por el alcohol.

—Ni idea.

—Porque solo ve del ojo izquierdo. Está claro. Es el típico nombrete de…

El hombre regresó y les dijo:

—Hay que mover la moto, pa' que el carro que acaba de llegar entre al garaje. Y ponerla atrás, al final de todo, que todavía tiene que llegar otro carro.

Rubén se sirvió más Legendario y le lanzó las llaves a Durán.

—Encárgate tú, Mayo.

Parecía que iba a ser un palo de altura, pensó Durán; dos especialistas sacados de la cárcel, una casa de lujo y los implicados llegaban en coche. Interesante.

El coche era un VW de color gris con matrícula empresarial. Lo conducía una mujercita vestida con traje azul marino de chaqueta y falda de raya diplomática. Llevaba medias transparentes y zapatos color negro ejecutivo de tacón alto, labios pintados de un ocre tenue y pequeños pendientes de perla. Sofisticada, a juzgar por sus andares y su maquillaje.

Ella aparcó cuando Durán le dejó libre el espacio y luego subió a la sala. El Zurdo se abstuvo de presentaciones. Era una mujer muy sexi, de curvas remarcadas por el traje, cabello muy negro y lacio cortado a lo paje y grandes ojos verdes; a Durán le recordaba a una novelista que en su niñez había tenido un programa de televisión durante el verano presentando películas de género fantástico.

Pidió un té y el Zurdo le sugirió que se sentara, que iría a la cocina a ver qué podía hacerle, pero ella no se molestó en obedecerlo. Se le notaba incómoda, fuera de lugar, sin el menor interés por mezclarse con ellos, como si su presencia allí fuera un simple trámite del que no podía sustraerse. Y quizás, ¿quién sabe?, el ojo muerto del anfitrión contribuyera lo suyo. Terminó saliendo del salón y al poco reapareció en el patio trasero, como si buscara que la brisa ejerciera un efecto calmante en ella. Durán la observó pasear nerviosamente por el reborde de piedra, fumando un cigarrillo y lanzándolo sin terminar al charco cubierto de limo en el fondo de la piscina, la mirada distante, el rostro severo bañado en la luz mortecina de la tarde. Le vio sacar un *smartphone* compacto y hablar sin gesticular, volviendo el rostro hacia la alambrada para evitar que espiaran el movimiento de sus labios desde la casa. Esa mujer estaba en el centro de todo, se dijo Durán, puede que fuera la clave del palo, pero no era la mente; estaba demasiado nerviosa para ser el Hombre Invisible.

El Zurdo regresó con el servicio de té y lo dejó sobre la mesa. Rubén, intrigado, señaló hacia el vidrio del ventanal.

—¿Y esa quién es, Zurdo?

El otro se detuvo junto a él. Miró hacia afuera y ladeó un poco el rostro, como si fuera un gesto hecho por un ave o un saurio.

—Esa es Silvia —dijo, y añadió con un deje de rencor patente detrás del tono irónico—: Se cree mejor que el resto de los mortales, como si su mierda no oliera igual que la de los demás.

—Ya —le dio cuerda Rubén—. Conozco ese tipo de jeba.

—Esta es de las peores. Actúa como si fuera la reina de Saba.

—La verdad es que así chiquitica como está, está muy rica.

—Psé. Pero no se le puede molestar.

—¿Y qué pinta ella aquí? —preguntó Durán.

El Zurdo se volvió. Tal vez se había olvidado de él.

—Te enterarás a su debido tiempo.

—Me lo dirá Sandoval, intuyo.

—Exacto. Eso le corresponde a él. Es el jefe de la jugada. ¿Quieres más ron?

—Es suficiente. Estoy bien así.

En el patio, Silvia terminó de hablar por el móvil y sacó otro cigarrillo. Ellos dejaron de mirar y Rubén y el Zurdo volvieron a la conversación intrascendente. Al cabo de un rato ya había anochecido.

Sandoval demoró media hora en llegar. Conducía un *jeep* Willys de llamativo color rojo, con capota de lona blanca, barras antivuelco y matrícula particular. A diferencia del Zurdo, Sandoval era un tipo bastante fornido que derrochaba energía en cada movimiento y poseía esa cualidad de edad indefinida entre los treinta y los cincuenta que tienen ciertas personas de etnia afro. Su piel era de un tono café tostado, llevaba el pelo cortado al ras y tenía una de esas miradas amedrentadoras de quien está acostumbrado a guapear y doblegar para lograr sus propósitos. Ejerció una presión considerable al apretar la mano de Durán, como si quisiera dejarle clara su condición de líder fuerte que no admitiría cuestionamientos ni opiniones divergentes a la suya. Usaba pantalón de camuflaje del desierto, una cadena de plata de gruesos eslabones en el cuello, camiseta negra de mangas cortas y botas Panama Jack de cuero amarillo.

Sandoval se dio un trago de Legendario y enseguida entró en materia.

En unos días, cuando todo estuviera listo, llevarían a cabo la operación en un edificio empresarial. La cosa se haría de noche, preferiblemente de madrugada, cuando el edificio estuviera sin personal. El objetivo estaba a recaudo en una caja fuerte de la planta superior y el acceso a ese nivel estaba protegido por un sistema de alarmas conectado al servicio de seguridad de la PNR municipal.

43

—¿Cómo vamos a entrar? —preguntó Rubén.

—Para eso está Silvia —dijo Sandoval—. Ella trabaja allí. Y una vez dentro nos llevará hasta donde están localizadas las alarmas. El problema son los custodios y las cámaras de vigilancia.

—¿Cuántos custodios son? —preguntó Durán.

—Solo dos —respondió la mujer sin mirarlo a la cara.

—¿Cómo están ubicados?

Silvia sacó del bolso un papel enrollado y lo extendió sobre una mesa de caoba con cubierta de cristal biselado. Se trataba de la fotocopia de un plano. Señaló varios puntos; tenía dedos delicados y uñas laqueadas.

—Uno está encerrado en el cuarto de monitoreo, aquí, y el otro hace el recorrido por la planta baja y se encarga de controlar la puerta del edificio.

—¿Están armados?

—El que controla la puerta, sí. El de videovigilancia, creo que no.

—¿Y te dejarán entrar a esa hora de la madrugada?

—Sí, claro. Ellos no controlan los horarios de los empleados ni se cuestionan a qué vamos. Saben quién soy yo; me abrirán la puerta sin rechistar. Lo que no sé es cómo hacer para meterlos a ustedes cuatro. Si me ven llegar acompañada de unos extraños sospecharán algo raro y avisarán a la Policía.

Todos miraban el plano con una cierta curiosidad, pero solo Rubén y Durán lo estudiaban en detalle. Las cámaras y los ángulos de paneo estaban señalizados y explicados en las notas. El área vigilada carecía de puntos ciegos, así que no había forma de acercarse a la puerta sin que lo advirtieran en el cuarto de monitoreo.

Sandoval dijo:

—Necesitamos actuar en el momento en que le abran la puerta a Silvia. Si ustedes consiguen apagar las cámaras el tiempo suficiente para que pueda entrar y sorprenderlos, yo me encargaré de los custodios. ¿Puede hacerse?

Rubén lo sopesó.

—Primero necesitamos saber de qué sistema se trata. —Miró a Durán buscando confirmación—. Tenemos que averiguar si es el clásico circuito cerrado de televisión con cámaras analógicas y cables coaxiales, o uno de webcams conectadas a un PC, o con cámaras IP. Cada uno de esos sistemas exige emplear un método diferente para burlarlo.

Sandoval se volvió hacia la mujer.

—¿Puedes conseguir esa información para mañana?

Silvia asintió en silencio, como si le costara hablar con él. No es que estuviera allí en contra de su voluntad, pero a Durán se le hizo evidente que ella soportaba colaborar con Sandoval por previo acuerdo con el Hombre Invisible.

—Y ya que tienes esa facultad maravillosa —añadió Rubén—, si confirmas que se trata de webcams o cámaras IP, tráeme las especificaciones del servidor web y averigua qué *software* de monitoreo usan. ¿Me sigues?

—Sí, sí —dijo ella—, *no problem.*

—Segundo tema —retomó Sandoval—: las alarmas del último piso. ¿Cómo las desactivamos?

—No vamos a desactivarlas —dijo Durán.

El jefe lo miró con sorpresa.

—¿Ah, no?

—No. El panel se activará en cuanto abramos la puerta del piso superior —se explicó Durán—. Lo que haremos será engañarlo; hacerle creer que está enviando la señal de alarma a la estación de Policía.

—¿Cómo lo harás?

—Te lo diré cuando me dejen darle un vistazo al panel de alarma. Necesito el diagrama, o una foto.

El bolso de Silvia era milagroso. Ella le mostró una fotografía hecha con teléfono móvil y luego llevada a impresión láser. Durán asintió.

—Podría construir un cachivache de multifrecuencia y puentear ese panel.

—¿Construir un cachivache?

—Ajá. Un dispositivo generador de tonos de marcado. Pero para eso necesito que me consigan los componentes. Capacitores de cuarenta y nueve voltios, filtros, resistencias. También una batería y un circuito impreso que controle el oscilador.

—Lo que necesites —dijo Sandoval—, el Zurdo lo consigue y yo lo pago.

—¿Y qué hacemos con la alarma acústica? —preguntó el Zurdo—. Si esa cosa empieza a sonar, la bulla se va a oír hasta en el Comité Central.

—Antes cortaremos el cable de la sirena y asunto concluido.

—Parece un buen plan.

—Una cosa vital —puntualizó Durán mirando a Silvia—: ¿hay otras alarmas instaladas en el piso superior?

—No.

—Yo solo digo, por dejarlo bien claro, que si hay detectores de vibración de persianas o sensores inerciales estamos jodidos.

—No hay otras alarmas —repitió ella—. Te lo aseguro.

—Eso espero.

Sandoval se frotó las manos pensativo.

—Entonces, ¿ya estamos?

—Queda un asunto pendiente —mencionó Rubén—. La caja fuerte.

—¿Qué pasa con ella?

—¿Cómo piensan abrirla?

—A lo mejor Silvia tiene la clave —sugirió Durán.

—Pues no —dijo ella—. No tengo la clave, y tampoco he podido ver bien la caja. Está en la oficina del director.

—Ya eso se verá sobre el terreno —dijo Sandoval.

—No es tan fácil abrir una caja fuerte —insistió Rubén—. Si tiene cerradura electrónica con códigos alfanuméricos no puedo garantizarles que pueda abrirla allí.

—Entonces la cargamos en el carro y la abrimos aquí —decidió Sandoval.

—Podría ser una solución, sí.

—Hay un problema —dijo Silvia—. Es posible que la caja tenga un chip de localización GPS.

—Mal asunto. —Rubén chasqueó los labios—. En cuanto descubran que falta la caja, los fianas empezarán a rastrearla y la ubicarán enseguida.

—Olvídense de eso —se impuso Sandoval con impaciencia—. Lo importante es colarse allí y desactivar todas las alarmas. La caja fuerte es un asunto aparte. Ya decidiré qué hacer con ella cuando llegue ese momento. ¿Entendido?

Quería decir, por supuesto, que tenía que consultarlo con la potestad al mando de la operación, el Hombre Invisible. Pero no iba a reconocerlo ante ellos.

Silvia se marchó y Sandoval pasó a otra cosa. Órdenes inapelables: Rubén y Durán no podrían abandonar la villa hasta que todo el asunto estuviera concluido. Solo él y Silvia podían entrar y salir a su antojo. Y el Zurdo, claro, que saldría a conseguir todo lo que necesitaran los dos especialistas, incluida la comida de cada día. Tampoco podían hacer llamadas telefónicas, ni siquiera a sus familiares. Rubén protestó y ahí tuvieron el primer encontronazo con Sandoval. El hombre no admitía réplicas; declaró que les pagaba para que obedecieran al pie de la letra lo que se les mandaba hacer. Durán aprovechó para mencionar que, a propósito de pago, aún no se había hablado claro sobre el dinero. Sandoval contestó que le pagaría quince mil pesos convertibles a cada uno cuando el trabajo concluyera. Durán dijo que prefería que fueran dólares, no ese «dinero de Monopoly» que acuñaba el Gobierno, y Rubén lo apoyó enfático, así que después de un cierto forcejeo verbal Sandoval terminó cediendo.

Y

Silvia cumplió. Trajo especificaciones, fotos y otros datos solicitados. Parecía una chica realmente lista, no la típica empleada empalancada por algún mandamás. El sistema de monitoreo era por cámaras IP enlazadas a un ordenador vía internet. Con eso ya podían montarse el operativo técnico. Les dieron un ordenador portátil y un *desktop* donde Rubén pudiera correr los programas de intrusión y trabajar con las herramientas de *software* que se había traído en un disco duro externo. Los componentes que Durán pidió fueron llegando. Improvisaron un pequeño taller con lentes y soldadores para circuitería electrónica. Dejando aparte el confinamiento, no podían quejarse. Disponían de habitaciones personales con baño incluido, camas cómodas y aire acondicionado, y en la sala había un buen repertorio de películas en soporte DVD y televisión por cable. Preferían, sobre todo, las series de HBO.

A los tres días de estar allí, Sandoval y Silvia tuvieron una conversación privada en el salón y luego llamaron a los demás.

—La jugada será pasado mañana —les informó el jefe—. A medianoche.

—Bien —dijo el Zurdo.

—Yo estoy listo —asintió Durán.

—Yo no —dijo Rubén—. Todavía tengo que pulir algunas cosas.

Sandoval lo miró con evidente desdén.

—¿Y qué coño has estado haciendo en estos días? ¿Botándote pajas?

Rubén no se lo tomó a mal.

—Lo mío es más difícil, más sutil que lo de ustedes. Si yo fallo, todo se viene abajo, así que tengo que ir con mucho cuidado, chequear bien cada secuencia, cada programa…

—Pues métele caña —lo interrumpió Sandoval exasperado—, no me vayas a joder a última hora con alguna de esas mariconerías de bobotrón universitario.

Durán dijo:

—Hay un asunto que tengo pendiente.

Sandoval apretó los labios. Tenía enrojecido el blanco de los ojos. Soportaba mal la presión, o no podía dormir por cuenta de la coca que se metía por la nariz.

—¿Qué pasa ahora?

—Según mi reeducador, si no me reportaba en tres días ante el jefe de sector podía ponerme una orden de búsqueda y captura y devolverme al Combinado.

—No te preocupes por eso. Ya está arreglado.

—¿Seguro? —insistió Durán—. No quiero buscarme problemas.

En la mirada de Sandoval se podía captar la amenaza implícita.

—Tú ocúpate de cumplir con nosotros y no tendrás problemas.

49

En vísperas del golpe, en torno al mediodía, Durán miró a través de la ventana de su habitación y vio a Sandoval hablando con Silvia en el patio trasero de la villa. Más bien discutían; él gesticulando con grandes aspavientos de las manos, como si le estuviera exigiendo algo, y ella haciendo gestos de negación con la cabeza. Sandoval llevaba otro de sus conjuntos de ropa habitual: pantalón de camuflaje nocturno y camiseta. Silvia vestía falda, medias oscuras y blazer azul marino sobre una blusa de listas horizontales.

Ella respondió algo inaudible desde la distancia y Sandoval se marchó dando pasos furiosos sobre el césped cubierto de flores de framboyán traídas por el viento; rodeó la villa, abordó el Willys que tenía aparcado sobre la rampa del garaje, lo puso en marcha y salió veloz a buscar la avenida Veintiséis.

Silvia había sacado un cigarrillo y le estaba dando fuego cuando Durán bajó al patio. Ella fumaba tabaco rubio, Gauloises Blonde importados de Casablanca; el filtro dorado tenía huellas de carmín procedente de sus labios.

—Es un tipo difícil de contentar, parece —dijo él.

Silvia se sobresaltó, pero respondió rápido y en tono altivo:

—No creo que te haya preguntado.

—Ey, que vengo en son de paz. Me gustaría minimizar la mala onda.

Ella expulsó el humo hacia arriba.

—Y a mí me gustaría que, en lo posible, evitemos estas conversaciones. Vamos a ceñirnos estrictamente al trabajo.

—Lo entiendo —dijo Durán—. Quieres guardar distancias. Pero no se puede. No en este caso. Aquí todos nos estamos jugando el cuello por igual.

Silvia lo miró a los ojos. Pareció que bajaba las defensas por primera vez. En su rostro nació una expresión de divertida incredulidad.

—¿En serio crees que tu cuello y el mío están bajo la misma picota?

—Desde mi punto de vista, sí.

Ella tenía pequeñas pecas sobre el puente de la nariz. Se veía muy bella a la luz del trópico. Dio una calada y lanzó el cigarrillo a medio terminar hacia el fondo de la piscina; Durán se preguntó si era una compulsión o una forma disciplinada de mantenerse alejada del filtro pernicioso del Gauloises.

—Dime qué quieres —dijo ella—. No conviene que nos vean hablando.

—¿Y eso por qué? Somos adultos.

—Son las reglas.

—¿Qué hay en esa caja fuerte?

—Eso no te incumbe.

—Sí, pero dependen de mí para llegar a ella.

—Te pagamos para que no hagas preguntas —respondió con severidad.

La brecha que se había abierto en su escudo volvió a cerrarse. «Te pagamos», había dicho; de nuevo el plural: ella, Sandoval y el Hombre Invisible.

Cambió el enfoque.

—¿Por qué tiene que ser esta noche? ¿Por qué tanto apuro?

—Tiene que ser así.

—¿Por qué?

Silvia dudó un momento y dijo:

—Porque lo que queremos sacar estará guardado ahí solo esta noche. Mañana ya no estará y habremos hecho todo esto por gusto. ¿Satisfecho?

Él se encogió de hombros. Todavía estaba procesando la confesión.

—El tuerto está mirándonos desde la ventana de la cocina —comentó Silvia como al descuido. Se limpió el carmín corrido con un pañuelito de papel y encendió otro cigarrillo.

—Déjalo que mire. Es su casa, su patio, y nosotros somos sus invitados.

—No deberíamos estar hablando. El tuerto se lo dirá al negro y a Sandoval no le gustará.

—Que se aguante. Nos necesita.

—No te conviene provocar a Sandoval. Es un tipo peligroso.

—Me imagino. De esos está lleno el cementerio Colón.

—Te meterás en un problema.

—A estas alturas creo que todos estamos metidos en ese problema.

51

7

*E*l negocio ilegal con las cuentas de acceso a internet había estallado en una casa del barrio de Lawton. El efecto de la onda expansiva los alcanzó días después. En honor a la verdad Etecsa jamás detectó el fraude; ni siquiera los descubrieron por un error técnico en la instalación. Todo fue consecuencia del azar, de la garra del selectivo terrorismo de Estado sobre un vulnerable corpúsculo de oposición política.

Mala suerte pura y dura.

Sin saberlo, Rubén le había «alquilado» una de las cuentas duplicadas a un miembro del grupo independiente Democracia y Libertad, una pequeña asociación de periodistas a quienes internet resultaba imprescindible para mantener vínculos con organizaciones internacionales de derechos humanos y poder subir artículos y grabaciones hechas con teléfonos móviles que documentaban la actividad policial desmesurada, los actos de repudio y las detenciones inconstitucionales. DyL había sido infiltrado por la Seguridad del Estado, por supuesto, así que en cuanto tuvieron acceso a internet, el Grupo Táctico Especial comenzó la redada. En cautiverio y bajo acoso, algunos detenidos aflojaron la lengua y Rubén terminó con sus huesos en el Departamento Técnico de Investigaciones de 100 y Aldabó. Se negó a delatar a su compañero, sin duda, pero las cuentas de Etecsa conducían a Durán.

Como su dirección particular estaba desactualizada —por aquella época vivía con Zenya en Playa—, fueron a buscarlo a la empresa y lo sacaron esposado de allí. Pasó un par de meses de interrogatorios estériles en los calabozos de Villa Marista y luego medio año esperando juicio en la cárcel de Valle Grande.

Su abogado, un mero apéndice del sistema, vino a verlo desde algún oscuro bufete colectivo y le comunicó que su caso tenía muy mal cariz.

Le imputaron cargos de malversación, desvío de recursos, actividad ilegal, enriquecimiento ilícito y un largo etcétera, pero eso era solo retórica judicial. La acusación clave: contubernio contra la Seguridad del Estado.

El fiscal pidió para él diecisiete años de privación de libertad.

8

A las diez de la noche Sandoval apareció conduciendo una furgoneta Dodge Ram de color blanco y suspensión alta, sin logotipos en los laterales, el portón del compartimiento de carga ubicado en la parte trasera. El Zurdo se encargó de cambiar temporalmente las chapas de la *van* por otras falsas con matrícula del sector oficial. Dentro del espacio de carga sin ventanillas acomodaron una mesa plegable, asientos, un par de bolsas deportivas Adidas con herramientas, un módem clonado, el ordenador portátil y el dispositivo ensamblado por Durán; también metieron unos rollos de plástico industrial, un arnés de seguridad y un pesado martillo neumático que el Zurdo había conseguido para usarlo en caso de que la caja fuerte estuviera empotrada en la pared.

Salieron justo a medianoche; Silvia en su VW gris, seguida de cerca por la furgoneta conducida por el Zurdo, con Durán, Rubén y Sandoval sentados en la sección de carga muy callados durante todo el trayecto; la expresión de severidad alojada en el rostro de por sí hosco de Sandoval y la culata de polímero negro de la Beretta Px4 Storm que asomaba por la cintura del pantalón de camuflaje no daban margen para el compadreo.

Media hora después llegaron a su destino. Sin ventanillas y sin poder comprobar la velocidad del vehículo, Durán no tenía idea en qué dirección habían ido ni cuán lejos estarían de Nuevo Vedado. Desplegaron la mesa y Rubén encendió el portátil y se sentó a poner a punto los programas. Cuando estuvo listo, sacó un voluminoso rollo de cable Ethernet, conectó un extremo al puerto RJ-45 del ordenador y se volvió hacia Sandoval.

—Cuando quieran.

El hombre cogió el rollo, le entregó el otro extremo a Durán y lo apremió.

—Vamos, métele mano.

Sandoval abrió la puerta y fue desenrollando el cable mientras Durán iba desplazándose. Rubén se quedó mirando burlonamente a su amigo.

—Si tuviéramos wifi disponible no tendrías que hacer el chimpancé.

—Tu abuela —le respondió Durán y salió de la furgoneta.

56   Afuera lo esperaba un intenso olor a salitre. Estaban cerca del litoral, aunque no escuchara el sonido de los rompientes. Ahora que podía orientarse, veía las luces de un vecindario al sur y escuchaba el apagado rumor de circulación de coches a lo lejos. La luna se asomó entre las nubes. Durán distinguió el muro alto y detrás la edificación de vidrio y hormigón de cuatro plantas, una mole apagada con el perímetro delimitado por farolas. Aquella podía ser la zona residencial Miramar, y probablemente no estuvieran muy lejos de la Quinta Avenida.

Se subió sobre el techo de la furgoneta, de ahí saltó al poste y empezó a trepar por los peldaños de acero clavados directamente en la viga de madera. Era un poste de tendido eléctrico, con los transformadores de alto voltaje en la cúspide, y un poco más abajo los sistemas de bajo voltaje de internet y los pares telefónicos. Mientras subía observó el VW con las luces apagadas aparcado media manzana más adelante, parapetado tras el muro. Se imaginó a la nerviosa y altanera mujercita de ojos verdes sentada en silencio frente al volante, tratando de calmar los nervios con aquellos Gauloises Blonde que consumía a medias. Al pie del poste, Sandoval desenrollaba el cable. La brisa marina le azotó el rostro al llegar a la altura de la caja de empalmes. No temía que lo vieran, pues el follaje del enorme jagüey que crecía en los jardines del edificio empresarial lo protegía de las cámaras.

Se ajustó el arnés y se puso a trabajar. Abrió la caja de empalmes, localizó el cableado UTP de Categoría 5e, de ahí hizo una derivación al módem clonado que había traído y luego lo conectó al cable que bajaba hasta el portátil. Ya estaba. En unos minutos Rubén tendría acceso a la red de videovigilancia.

De vuelta a la Dodge se encontró al resto del equipo pendiente del portátil; la pantalla particionada revelaba las vistas de las cámaras IP: imágenes del exterior aportadas por cámaras de barrido progresivo y rotación de 90 grados, y un minidomo interno de panoramización de 360 grados que mostraba el interior de la planta baja. Amparados por el muro y los árboles del jardín, el VW de Silvia y la furgoneta permanecían invisibles, pero el encargado del monitoreo, atento a una película de superhéroes en el receptor de televisión, tampoco prestaba demasiada atención a su PC. De vez en cuando se le escapaba un bostezo y tomaba un sorbo de café frío de una jarra de cerámica con el logo empresarial —el Zurdo y Sandoval no se enteraban, pero Durán y Rubén podían leer en los datos de red que se trataba de las oficinas de Corporación Servitec—. En el vestíbulo, el otro custodio dormía en un mullido butacón con los pies estirados sobre una mesita y un ejemplar de *Granma* abierto sobre el pecho.

—En vivo y en directo —dijo Rubén con regocijo.

Durán vio la excitación en sus ojos.

—Eres un *crack* —reconoció el Zurdo—. Y esos dos comemierdas están momeados. Esto va a ser más fácil que coser y cantar.

57

—No hablen más mierda y pónganse pa' esto —gruñó Sandoval. Se inclinó hacia adelante y estudió la disposición del vestíbulo.

—Va a salir perfecto —aseguró Rubén en voz baja, como si hablara consigo mismo.

Durán no se sentía particularmente optimista. Cualquier cosa podía fallar y en un instante irse todo al infierno.

Rubén tecleó una combinación en el portátil.

—¿Qué estás haciendo? —soltó Sandoval con tono suspicaz.

—Relax, compadre, relax —dijo Rubén sin molestarse en mirarlo—. Estoy haciendo el trabajo que me pediste. Déjame concentrarme.

Sandoval apoyó la manaza sobre el hombro de Rubén. Durán se tensó.

—Oye, chama, atiéndeme bien —advirtió Sandoval—: no vuelvas a decirme que me relaje. Respóndeme a la primera. Estás aquí para obedecer.

Rubén era muy listo. Le ofreció una falsa sonrisa.

—*Okey* —dijo—. Estoy seleccionando una secuencia temporal para activarla en modo *playback* y reproducir un bucle de vídeo que nos permita falsear lo que ve el tipo encargado de vigilar las cámaras. Así tendrás un chance de colarte sin que te vea.

Sandoval le retiró la mano del hombro y dijo:

—¿Y cuándo será eso?

—Dentro de un par de minutos —respondió Rubén volviendo a centrase en el ordenador—. Si quieres, ya puedes irte con Silvia. Actúa tal como hemos acordado, que yo me ocupo de que no sufras contratiempos.

—¿Seguro?

—Al mil por ciento —dijo Rubén con suficiencia.

Sandoval sacó la Beretta y se la entregó a su compinche.

—Zurdo, te quedas al mando. Esto es por si la cosa se

complica y tienes que entrar a ayudarme y caerle a tiros a esa gente. ¿Me copiaste?

—Eso no será necesario —intervino Rubén—. No habrá complicaciones.

El Zurdo tomó el arma y Sandoval salió de la furgoneta. Nadie dijo nada.

Siguieron observando la pantalla particionada del portátil.

A los cinco minutos vieron aparecer el VW gris delante de la cámara del portalón. Silvia sacó la mano por la ventanilla y tocó el botón del intercomunicador. Ni rastro de Sandoval, pero sabían que estaba tumbado sobre el asiento trasero del coche. El custodio la saludó, activó el circuito que abría la corredera del portalón, volvió a cerrarlo cuando el coche hubo pasado y luego llamó a su compañero por el *walkie*.

—Roberto.

El otro se despertó.

—Dime.

—Es la señorita Ortiz. Ábrele.

El tal Roberto se puso en pie haciendo un gesto de hastío. Se alisó la pechera del uniforme, apartó la mesilla que había estado usando como reposapiés y fue a abrir la puerta del vestíbulo. El encargado del monitoreo ya había regresado a su película de superhéroes.

Ese era un buen momento, pensó Durán.

—Métele el bucle —sugirió.

—Aguanta, todavía no. Un momento… —dijo Rubén. Esperó a que el coche se detuviera frente a la puerta del vestíbulo y volvió a teclear—. Ahora.

En las pantallas el VW desapareció. Ahora las vistas eran similares a las que habían sido grabadas antes de la llegada del coche. Si el encargado del cuarto de monitoreo hubiera echado un vistazo en aquel momento, no habría visto a Sandoval salir del coche, abalanzarse sobre el desprevenido Roberto y golpearlo con un bastón policial extensible; un solo golpe en el cráneo y el hombre cayó fulminado. Tampoco pudo ver que el intruso tomaba la Makarov reglamentaria del custodio, entraba al edificio y apuraba el paso hasta llegar al cubículo. Cuando se dio cuenta, tenía un cañón de pistola apoyado en su entrecejo y a un tipo diciéndole «Si haces algo raro te vuelo la chola, sal de ahí despacio y tírate al suelo». Todo había ocurrido en menos de treinta segundos. Cuando Rubén interrumpió el bucle vieron a Sandoval inclinado sobre el cuerpo exánime del segundo custodio.

—Ya está —dijo el Zurdo triunfante—. El negro es una fiera.

Sandoval pasó por debajo de la cámara del vestíbulo y activó la apertura del portalón para que la furgoneta entrara. Rubén cerró la ventana particionada y en su lugar apareció la interfaz del programa pirata que había utilizado para acceder a la red IP; activó un comando y el disco duro del vídeo de seguridad fue formateado. Durán volvió a subir por el poste hasta la caja de empalmes para recuperar módem y cable, y luego el Zurdo metió la furgoneta en el párking del recinto.

Como el ascensor estaba apagado, dejaron al Zurdo vigilando en el vestíbulo y subieron por las escaleras hasta la última planta. Localizaron el panel de alarmas.

Durán sacó el dispositivo multifrecuencia que había construido, lo enchufó al bloque del módem del panel metiendo los cables sobreimpuestos en las terminales telefónicas y lo activó. Luego cortó con un alicate los cables de salida telefónica y de la alarma acústica. Gracias a eso, cuando Sandoval forzó la puerta y entraron al nivel protegido, la señal de alarma óptica remota del panel se disparó en vano, pues la conexión con la estación de Policía ya estaba anulada.

Silvia, sumida en el mutismo, los guio hasta la oficina cerrada de su jefe, el director corporativo de Servitec. Para Sandoval fue un juego de niños abrir aquella puerta con una ganzúa. Adentro: una mesa de despacho, butacas de piel estilo *déco*, un alfombrado de pésimo gusto, papel mural con fotos promocionales del Mintur —Viñales, Cayo Coco, Trinidad—, estanterías, macetas de arcilla con helechos, olor a ambientador. Ventanal de suelo a techo orientado al mar. Sobre la mesa, la foto enmarcada de un hombre rollizo en uniforme de las FAR y grado de coronel.

Malas noticias: la caja fuerte tenía cerradura electrónica. No había tiempo ni tenían las herramientas adecuadas para abrirla in situ.

—Me lo imaginé —dijo Rubén meneando la cabeza con resignación—. A esa habrá que meterle cañona para que se abra.

Buenas noticias: la caja no estaba empotrada en cemento, sino colocada en el interior de un mueble credenza trabajado en teca.

—Nos la llevamos —decidió Sandoval.

No era grande, pero pesaba bastante y tenía la dificultad añadida de que había que bajarla por las escaleras. Sandoval fue a buscar al Zurdo para que los ayudara con el traslado.

—Algo va mal —dijo Durán.

—Ideas tuyas —repuso Rubén—. No veas fantasmas donde no los hay.

—No —insistió él—. Puedo sentirlo. Algo va mal.

—Te equivocas —dijo Silvia—. Todo está saliendo según lo previsto.

Durán tocó con los nudillos el metal de alta resistencia. Miró a la mujer.

—¿Qué hay en esta caja?

Ella permaneció callada. Apretó los labios, el hermetismo ensombreciendo su hermoso rostro.

—Seguro que está llena de lingotes de oro y por eso pesa tanto —bromeó Rubén—. Vamos, Mayo, no es asunto nuestro lo que haya en esa caja. No te pongas pesado ahora que estamos en la recta final.

Él seguía con la vista fija en Silvia. La tensión entre ellos era palpable.

—Te conviene seguir el consejo de tu amigo —le dijo ella con voz gélida—. No nos presiones. No nos obligues a tomar medidas contigo.

—Eh, aguanta ahí —intervino Rubén—, no hace falta que amenaces a nadie. Mayito solo está preguntando por matar el tiempo; él es así. —Los miró a ambos y luego se encaró con Durán—. Mayo, deja ya la preguntadera. Vamos a llevar esto a buen término, por favor. Después cobramos y le decimos adiós a esta gente; chao, hasta nunca.

—Así será mejor para todos —asintió ella—. Sin nerviosismos.

—No estoy nervioso —dijo Durán—. Solo digo que algo no me cuadra.

62   Incluso con la ayuda de correas y turnándose por parejas entre los cuatro hombres, tardaron en bajar la caja fuerte el doble de tiempo que les había llevado acceder a la red IP, entrar al recinto, dejar a los custodios fuera de juego, anular las alarmas y encontrar lo que buscaban.

La Dodge estaba aparcada a la entrada, con la parte trasera montada sobre la acera y las puertas abiertas para facilitar la acción de carga. Jadeando, acomodaron la caja dentro.

—Habría sido más fácil romper la cristalera de la oficina y tirar esta mierda desde el cuarto piso para el párking —comentó el Zurdo recuperando el aliento—. A lo mejor hasta se abría con el golpe.

—Y ahora lo dices —se burló Rubén.

—Vamos, vamos —los azuzó Sandoval dando palmadas—, dejen esa muela ya que hay que pirarse. Zurdo, dale las llaves a Silvia.

El hombre obedeció y de regreso se sentó al volante de la furgoneta. Sandoval abrió el portalón para que el VW se fuera y luego se metió con Durán y Rubén en la sección de carga; martilló dos veces con el puño en la chapa lateral y el vehículo se puso en marcha.

Durán ya había reparado en los dos bultos envueltos en el plástico industrial que habían traído: los cadáveres de los custodios. Ahora sabía lo que había ido mal. O quizás no.

—¿Y eso? —le preguntó a Sandoval.

—Daños colaterales —le respondió el hombre con cinismo—. Tuvieron mala suerte. ¿Qué, vas a ponerte a llorar?

Él respondió que no con un gesto de cabeza.

Todo se había complicado. Se suponía que aquello no tenía que ocurrir.

Sentado sobre la caja fuerte, los pies apoyados en el suelo de la *van*, Sandoval explicó que Silvia esperaría por ellos en la villa de Nuevo Vedado; el dinero estaba allí, y ella misma les pagaría cuando regresaran del sitio al que se dirigían ahora.

—¿Y para dónde vamos? —preguntó Rubén.

—Eres demasiado preguntón para mi gusto, chama —dijo Sandoval—. Pero por esta vez haré una excepción contigo: vamos a deshacernos de los dos muertos. —Palmeó el costado de la caja fuerte—. Y de paso, vamos a enterrar esta cosa.

—¿Enterrarla?

—Ajá. Para bloquearle el localizador GPS.

—Me parece una mala idea —dijo Rubén.

La mirada de Sandoval era torva.

—Puede ser, pero ¿quién coño manda aquí, tú o yo?

9

*D*espués del juicio trasladaron a Durán en camión desde la prisión de Valle Grande al Combinado del Este. Era una tarde sofocante, ominosa. Hizo el viaje en silencio, ignorando las conversaciones del resto de los reos, inclinado hacia delante en el asiento, el ceño fruncido y la vista perdida en la sucesión de campos de hierba rala y pastos quemados al costado de la carretera.

No es que pretendiera quejarse. Se había librado de una condena mucho más severa de la que finalmente recibió. En el juicio a los periodistas independientes les quedó claro que no existían vínculos de activismo político entre el grupo opositor Democracia y Libertad y los dos ingenieros implicados en el fraude de las cuentas de Etecsa. Privada del componente político, la causa del fiscal perdió fuelle. Sus delitos económicos casi quedaron reducidos a lo anecdótico y el juez lo sentenció a siete años de prisión.

Siete años: «Un suspiro», le dijeron algunos en Valle Grande.

Pero allí dentro podía estar muerto en siete días.

Enfocó la vista como si despertara de un sueño cuando vio las alambradas.

Υ

Edificios de cuatro plantas, un terreno de béisbol, atalayas resquebrajadas.

Fueron bajándose del camión de uno en uno, vestidos con uniformes de gris, las manos esposadas por detrás de la espalda. Los celadores los formaron en fila. Desde la planta alta del edificio más cercano otros reos les gritaron «Carne fresca» y lanzaron amenazas de sodomía entre carcajadas y burlas.

Al fondo del terreno, en el muro pintado de blanco del *outfield*, un artista sin gracia y con un curioso sentido de las proporciones había dibujado unos sonrientes Fidel Castro y Hugo Chávez en uniforme de jugadores.

Siete años de encierro lo aguardaban. Siete años. Durán se preguntó en qué galera de primarios tendrían a Rubén y cuánto tiempo le habría caído.

Un racheado de viento caliente y polvoriento se alzó de pronto de la planta de prefabricados y le dio la bienvenida.

10

El trayecto al nuevo destino no fue muy largo, pero a juzgar por los vaivenes y sacudidas que iba dando la Dodge en el último cuarto de hora se notaba que había abandonado las calles de la ciudad para adentrase en relieve accidentado.

Al fin, el vehículo se detuvo y el sonido del motor cesó.

—Ya estamos —voceó el Zurdo desde fuera golpeando la carrocería con la palma de la mano.

Sandoval se levantó de la caja fuerte, abrió las puertas y dijo:

—Arriba, que hay que matar la jugada rápido. No podemos dejar que nos coja la mañana aquí.

Salieron al encuentro de los ruidos de la noche, a la exuberancia boscosa de algarrobos, laureles, jagüeyes centenarios, almendros y arbustos de hoja perenne cubiertos por un profuso manto de lianas. Estaban en El Bosque de la Habana, sin duda. La luna asomaba entre las nubes y bañaba la vegetación con lúgubre fulgor. Por indicaciones de Sandoval, Rubén y él lo siguieron por un ligero declive del terreno, sorteando los árboles hasta llegar a una zona desprovista de hierba. Durán escuchó el sonido de un río discurriendo por el este: el Almendares.

Un voluminoso algarrobo se había desplomado, quizás por efecto del viento. Sandoval señaló la oquedad en el suelo terroso donde antes se asentaban las raíces del árbol. La tierra estaba removida; se notaba que alguien había estado excavando recientemente para hacer más profundo el agujero.

—Ahí es donde vamos a enterrarla —explicó Sandoval—. Primero tiramos a los muertos, ponemos la caja encima, lo tapamos todo y se acabó lo que se daba.

Rubén no estaba convencido. Sacudió la cabeza.

—¿Por qué no me dejas trastear la caja primero? A ver si descubro la antena del localizador y la arranco, y así nos ahorramos el trabajo de traerla hasta acá.

—No vamos a discutir eso ahora —le respondió Sandoval exasperado—. La decisión ya fue tomada.

—Pero esto no formaba parte del trato inicial —intervino Durán.

Sandoval volvió el rostro hacia él, pero el resplandor de la luna le daba por detrás y en la oscuridad Durán no pudo leer su mirada.

—¿Qué?

—Que esto, enterrar gente, no es lo que habíamos convenido.

—Son gajes del oficio. ¿Quieren cobrar o no?

No había tiempo para pensárselo mucho. Tampoco querían arriesgarse a una confrontación en aquel sitio con un hombre armado y dispuesto a matar. Asintieron.

El Zurdo apareció entre los árboles. Venía con dos palas; las clavó en tierra, entre la hojarasca acumulada al borde del agujero. Sandoval comprobó la hora en el Casio G-Shock deportivo en su muñeca y les ordenó:

—Vamos pa' arriba ya. Quiero terminar esto pronto para poder estar de vuelta en mi casa contando el dinero antes de que den las cuatro.

Se organizaron por parejas para acarrear los cadáveres envueltos en plástico; Rubén con Durán, y el Zurdo con

Sandoval. Los veteranos iban delante, marcando el sendero menos avieso; llegaron primero y lanzaron el cadáver al fondo del hoyo. Durán y Rubén se acercaron al borde y giraron un poco para acomodar la postura y aprovechar el impulso.

Durán le dio la espalda a Sandoval. Fue solo un momento, cuatro segundos a lo sumo. Pero fue un error que no debió cometer.

Lo supo cuando, en medio del *swing* del movimiento, vio la expresión de sorpresa estampada en el rostro de su amigo.

—¡¡Cuidado, Mayo...!! —gritó Rubén al tiempo que Durán sentía la presión de algo frío en el costado izquierdo y giraba sobre sí mismo por puro reflejo.

Apenas fue consciente del estampido de la Beretta, del mordisco en su carne, del grito de dolor y los ecos devueltos por el bosque; perdió el equilibrio y cayó al agujero con el cadáver que sostenía, enredándose con una raíz sobresaliente y aterrizando de costado. Levantó la mirada a tiempo de ver a Sandoval apuntándole con la pistola a Rubén, que alzó las manos y exclamó:

—Espérate, espérate, no...

El disparo le dio en pleno rostro, casi a quemarropa, y el cuerpo de Rubén salió despedido hacia atrás y cayó a plomo sobre el suyo. El golpe le hizo perder el aliento.

—Creo que el otro no está muerto —escuchó decir al Zurdo.

—¿Y eso qué importa? Se va a morir igual.

—Dame acá el hierro.

Sandoval le entregó el arma. El Zurdo ladeó la cabeza y apuntó.

Y en ese momento, las nubes ocultaron la luna.

Su memoria muscular y el aviso de su amigo acababan de salvarle la vida. La repentina oscuridad y la falta de ojo directriz del Zurdo le dieron otra oportunidad. El primer disparo se clavó en el fango, a escasos centímetros de su cabeza; el segundo impactó en el cuerpo sin vida de Rubén.

Durán perdió la conciencia antes de que lo dieran por muerto y empezaran a echarle encima paletadas de tierra para tapar el agujero.

SEGUNDA PARTE

Pecados convergentes

«La violencia es nuestro álter ego, está inscrita
en nuestro cerebro de la Edad de Piedra.»

BILL MOYERS

11

*E*l dolor lo había sacado del agujero. De eso era muy consciente, del dolor como responsable directo de su exhumación. Tendido sobre la hojarasca, sucio de tierra hasta los párpados, con el cadáver desfigurado de su amigo yaciendo a un lado y el sonido del Almendares convertido en un murmullo, contempló la luna subir en el firmamento y ocultarse entre las nubes.

Ahora que los temblores habían remitido podía pensar con claridad.

Se culpaba a sí mismo por la muerte de Rubén. En retrospectiva, le parecía todo tan obvio, el resultado final tan ridículamente lógico, que le avergonzaba no haber tomado medidas para evitarlo. Pensó en los silencios esquivos de Silvia, y en sus advertencias. Se preguntó hasta qué punto sería ella responsable de lo ocurrido.

Los habían engañado desde el principio; enterrar la caja era una patraña, una mentira orquestada para traerlos al bosque y matarlos. No había ningún localizador en la caja fuerte; nunca lo hubo. Tenían previsto utilizar sus habilidades técnicas y luego sacrificarlos para cubrirse las espaldas. Era una orden que venía del Hombre Invisible; no veía a Sandoval, a pesar de su manifiesta hostilidad, capaz de ejecutarlos por su cuenta para sisar una parte extra del presupuesto. Sandoval era un sicario, atado a la jerarquía vertical, no podía tomarse ese tipo de atribuciones cuando había tanto en juego.

Pero ¿cómo podía llegar hasta el Hombre Invisible?

Desde su punto de vista, solo existían tres vías.

Silvia. Sandoval. El Zurdo.

De Silvia solo sabía dónde trabajaba: Corporación Servitec. Pero ignoraba si ella tenía planes de volver a la empresa y, de cualquier modo, acercarse y montar vigilancia en ese sitio de Miramar podía ser improductivo y muy peligroso.

Sandoval era un misterio. Había volado bajo el radar todo el tiempo. De él lo único que sabía era que tenía recursos. Y que era realmente peligroso.

Solo quedaba una vía: el Zurdo. La villa en Nuevo Vedado.

Durán se puso en pie y se sacó la ropa de cintura para arriba para examinarse la zona herida. Había tenido suerte. Sangraba pero, gracias a su giro repentino en el momento en que Sandoval apretó el gatillo, había sido un disparo a sedal que mascó camisa, camiseta y carne sin causar daños importantes. La camisa se había llevado la peor parte; llena de rasgones, manchada de sangre y tierra, ya no le valía para nada; en cambio, la camiseta con el logo de la Harley Davidson que llevaba debajo solo necesitó unas sacudidas para sacarle la mayor parte de la suciedad. Con el pantalón y las zapatillas Romsey no había mucho que hacer, pero no podía prescindir de ellos. Se acercó al río —el agua estaba turbia, pero no olía tan mal— y se lavó la mugre de los brazos, el rostro y el cabello, poniendo especial cuidado en evitar que el agua entrara en contacto con la herida; nunca se sabía que sustancia tóxica podían haber vertido en la corriente del Almendares.

Después se ocupó de las heridas. No pudo encontrar un arbusto de sábila y tampoco disponía de mucho tiempo, pero descubrió un limonero; buscaba un analgésico natural y terminó encontrando un antiséptico, que en ese momento de urgencia le pareció más importante. Primero, con la pulpa del fruto cortado, limpió los restos de tela y suciedad en los agujeros de entrada y salida de la bala. Luego, resistiendo el ardor con los dientes apretados, exprimió el jugo del cítrico sobre los mismos. Volvió a ponerse la camiseta.

Después le dio sepultura a Rubén y se puso en marcha siguiendo la ribera del río hacia el norte. No planeaba alcanzar la desembocadura; antes se desviaría y subiría por Kholy a buscar el puente que une Marianao con El Vedado. Lo esperaba una larga caminata, pero con el tiempo corriendo en su contra tendría que apurar el paso si quería adelantarse al amanecer.

12

El llanto espasmódico de Elsa lo había despertado. Era un viernes, poco antes del mediodía, verano de 1994, y la madre de Durán estaba en el pico de uno de esos periodos depresivos que reducían su belleza camagüeyana a un conjunto de rasgos arrugados. La angustia parecía algo que llevara aprisionado en aquella casa durante mucho tiempo, un dolor fantasma, opresivo, como si de algún modo las paredes lo rezumaran. Su padre llevaba más de dos semanas ausente. Nadie sabía si tenía otra mujer por ahí, si estaba preso o si andaba por alguna otra provincia haciendo sus chanchullos. Durán se levantó de la cama y fue a la sala, un receptáculo de cuatro por cinco metros, abigarrado de muebles antiguos, con los marcos de las ventanas con vistas al litoral carcomidos por el tiempo.

Su madre lloraba con la frente apoyada contra el vidrio de la ventana, los ojos cerrados. Él se quedó en silencio, parado en medio de la sala, y cuando ella volvió el rostro encontró la pregunta en los ojos del niño.

«Tú tienes la culpa de todo», había dicho ella. Últimamente sus acusaciones eran casi una liturgia; culpaba a Gilberto por preñarla, a su hijo por retenerla, a la vida por perjudicarla. A menudo decía cosas que el niño no comprendía; que se sentía frustrada, prisionera de aquel maldito país totalitario y tercermundista; que lamentaba no haberse ido a principios de 1980, cuando era adolescente y todavía tenía la vida por delante, en la época en que diez mil personas se refugiaron en la embajada del Perú para pedir asilo y salir de Cuba, seguidas por otras ciento veinticinco mil personas que, en los meses siguientes, emigraron a los Estados Unidos por la bahía del Mariel.

«Y ahora esto», había dicho Elsa entre sollozos. «La última oportunidad».

Durán se acercó a la ventana.

Abajo, a lo largo del Malecón, la aglomeración de gente. Balsas hechas de armazón de madera y neumáticos, mujeres despidiendo a sus maridos, hermanos, hijos. El mar, un hervidero de embarcaciones improvisadas dirigiéndose al norte.

Éxodo en estampida. El vapor escapando de la olla de presión social.

La mirada curiosa del niño reparó en algo singular: una tienda de campaña, de tejido plástico fosforescente, flotando sobre las aguas, bogando lentamente; de las ventanillas laterales salían los largos remos que se hundían en el oleaje.

La crisis autocompasiva de Elsa no duró mucho. Dos días después dejó a Durán a cargo de una vecina del edificio, diciéndole que tenía que hacer unos recados. Bajó a la calle, al frenesí de preparativos de embarque y la algarabía y, presumiblemente, se las arregló para montarse en una balsa.

Durán no volvió a saber de su madre. Pero, por asociación, en sus sueños la imaginaba dentro de aquella casa de campaña flotante, una mota fosforescente alejándose con parsimonia hasta perderse en el horizonte.

13

Consiguió llegar a la villa del Zurdo poco antes de que empezara a clarear, una pincelada ígnea perfilándose al este, rechazando la oscuridad que muy pronto el sol se encargaría de rematar.

Por encima del cercado de alambre cubierto de enredaderas se notaba el resplandor de las luces en el salón de la planta baja. Durán fue cauteloso. Se metió por uno de los laterales del cercado y, apoyándose en un quiso de la casa adyacente, se alzó para echar un vistazo de reconocimiento amparado por las sombras. A pesar de las luces encendidas, típica medida disuasoria para ladrones, nada indicaba que hubiera alguien en la casa en ese momento. Tampoco vio la furgoneta Dodge o el VW de Silvia afuera, pero eso también podía significar que los vehículos estuvieran aparcados en el garaje. Sabiendo que sus enemigos estaban armados y lo suponían muerto, no podía darse el lujo de perder su única ventaja, la sorpresa, pero con el amanecer en ciernes estaba obligado a arriesgarse. Tuvo que asumir que la casa estaba vacía; tal vez abandonada para siempre, desechada después de cumplir su función de cuartel general de operaciones.

Hizo un esfuerzo, se sobrepuso al dolor en el costado y saltó por encima de la cerca. Luego se agazapó detrás de una ventana y espió el interior. En efecto, ni el menor indicio de movimiento. Si había alguien, sería el Zurdo y estaría durmiendo. La franja de luz crecía en el cielo. Tenía que apurarse. Recordó la distribución de la villa, trepó por el enrejado de una ventana a la segunda planta, volvió a echar un vistazo, esta vez por la ventana del cuarto del Zurdo, vio que la cama estaba vacía y se apuró por el alero hasta llegar a la terraza. Desde allí forzó la puerta de la habitación y entró a la casa. Se quedó un rato escuchando; ni un sonido. Allí no había nadie. Se habían ido. Durán se temió lo peor. Si la pista del Zurdo terminaba aquí, la única opción que le quedaba era buscar a Silvia, y ese podría ser un ejercicio estéril.

Deambuló por la villa a sus anchas, y la búsqueda fue fructífera. La residencia pertenecía al Zurdo, sin duda. Lo demostraban los retratos colgados en las paredes de la habitación: los rasgos que compartía con sus padres, las imágenes en la playa y en fiestas familiares en las que aparecía aquel chico moreno y flacucho, la versión púber del Zurdo con el ojo derecho un poco estrábico pero completamente sano.

Bien.

Buscó la caja fuerte, el portátil, el ordenador *desktop*, los dispositivos o los paneles de circuitería y componentes sobrantes. No encontró nada de eso; lo habían limpiado todo. El garaje estaba vacío; se habían llevado hasta la Harley-Davidson de Rubén. Toda evidencia había volado.

La molestia en el costado le recordó que tenía que revisarse las heridas. En el baño halló lo necesario: analgésicos, vendas, alcohol propílico, aplicadores de algodón, agua oxigenada, jeringuillas esterilizadas y penicilina en bulbos. Se inyectó una dosis de antibióticos en el muslo izquierdo, cerca de la lesión de bala.

En el armario de ropa del Zurdo rebuscó entre los pantalones y dio con un par que le iban bastante bien: tejanos Lee azul oscuro, domesticados a base de lavados y uso, de gruesas costuras y remaches metálicos. También encontró calcetines de algodón, calzoncillos aún sin estrenar en su embalaje y las botas Caterpillar que el Zurdo llevaba puestas el día que ellos llegaron. Confiado en que si alguien regresaba a la villa él oiría el ruido, se dio una ducha rápida para quitarse el sudor y la suciedad del agujero donde lo habían enterrado. Luego, con las heridas limpias, utilizó un cuchillo para eliminar las costras de piel en torno a las cavidades, aplicó alcohol desinfectante, más agua fría y se hizo un vendaje que sujetó con esparadrapo. Después se puso los Lee, una camiseta y encima una chaqueta tejana Wrangler. Se calzó las botas. Comió algo del refrigerador; bocadillo de queso y lascas de pollo y zumo de naranja de tetrabrik. Todavía quedaba cerveza Cristal de la que le habían encargado él y Rubén al dueño de la casa, pero no quiso meterle ruido al antibiótico y se contentó con un poco de café hecho que recalentó en un jarro de aluminio.

Tiró la ropa sucia a la basura, pero conservó la camiseta con el logo Harley, que envolvió junto con el lote de bulbos de penicilina, analgésicos y una jeringuilla desechable sellada en plástico. Buscando alguna mochila donde guardar el fardo descubrió que la casa le deparaba un par de sorpresas.

En una gaveta de armario, dentro de un recipiente de compota de boca ancha, se encontró un rollo de billetes con algo más de trescientos cincuenta dólares atados con una banda elástica para el cabello. Durán se lo echó al bolsillo.

En un enorme baño de baldosas blancas en la planta baja, tirado dentro de una bañera de época de hierro fundido esmaltado de blanco, el cadáver de Silvia yacía con la garganta abierta por un corte de cuchillo. La sangre le había corrido por el cuello, manchándole la blusa de listas y el blazer azul marino que llevaba puestos aquella misma mañana y acumulándose en un charco medio coagulado en el fondo de la bañera. Le habían quitado los zapatos, y las medias oscuras tenían rasgaduras como si Silvia hubiera intentado arrastrarse para escapar.

Durán se quedó mirando el cadáver; los dedos yertos, el verdor apagado de los ojos, la expresión de sorpresa congelada en el rostro muy pálido, una muñeca de porcelana de tamaño natural.

«Todo está saliendo según lo previsto», había dicho aquella mujercita altiva, apenas cinco horas antes, tan confiada en sí misma, tan segura de la posición que ocupaba en este asunto. Pensó en el Zurdo, en el odio que brotaba del hombre, en el empeño que puso en rematarlo a disparos cuando cayó en el agujero; se lo imaginó obedeciendo la orden de Sandoval, arrastrando a la mujer a la bañera, asestándole el tajo mortal, la alegría insana del ojo inquieto al verla boquear buscando oxígeno y caer presa de estremecimientos hasta que su vida se extinguió.

82 ¿Era esto lo que tenías previsto, Silvia?, pensó él. ¿Que te degollaran como a un animal y te tiraran ahí para que te desangraras?

Cerró la puerta del baño tras de sí y fue al garaje a buscar herramientas. Estuvo un rato allí, haciendo algunos preparativos, y luego regresó a la cocina y se sentó muy cerca de la puerta a esperar, rodeado de oscuridad.

14

*T*res semanas después de que la madre de Durán se fuera, el padre reapareció en casa para encontrarse con el panorama de su hijo de siete años abandonado. Lo cierto es que, teniendo en cuenta el tipo de hombre que era Gilberto —sin oficio legal, bebedor, exmilitar expulsado de las FAR, reciclado en bisnero ocasional y estafador itinerante—, hizo lo mejor que pudo —prácticamente nada— por criarlo sin ayuda. Los inicios fueron difíciles para ambos; hubo algunas palizas, ausencias del hogar, convivencia esporádica con proyectos de madrastras que terminaron por largarse y episodios de auténtica ternura paternal, todas ellas formas de violencia por exceso o defecto; pero Durán era un resiliente nato que aprendió a estar atento a las señales irascibles de su viejo y a sacar provecho de sus mejores momentos.

La violencia, sin embargo, emanaba de Gilberto como una suerte de campo magnético; podía mantenerse al mínimo, en estado latente controlado, pero nunca se apagaba del todo. Muy a menudo, durante su adolescencia, Durán se preguntaba si él mismo había heredado aquella pulsión, una secuencia crítica acrisolada en sus genes, el germen de la frustración, la furia y la agresividad como modo de abrirse paso a través del dolor; la incapacidad para aceptar el sometimiento, la imposibilidad de sortear una crisis sin responder con extrema beligerancia.

Quizás, pese a todo, Elsa había hecho una elección sensata al abandonarlos.

Durán tendría diez años más o menos cuando su padre, eufórico tras cerrar un trato de negocios de compra y venta de piezas de coches robados en Santiago de las Vegas, aprovechó el viaje para llevarlo al parque recreativo Río Cristal. Por aquella época conducía un Plymouth Special Deluxe de 1950; a cuenta de sus chanchullos Gilberto cambiaba de coche *vintage* bastante a menudo, pero se notaba que aquel descapotable color borgoña le tiraba del orgullo. Fueron a la fuente, se bañaron en la piscina y luego su padre le mostró la réplica de un castillo medieval construida a escala infantil de 1:50. Encargaron medianoches —jamón, lechón asado y queso suizo en pan semidulce con pepinillo encurtido y mostaza— para comer en el camino y salieron conduciendo por la avenida Rancho Boyeros a buscar un Sylvain donde comprar dulces: rollitos, o preferiblemente señoritas de hojaldre y crema.

En el trayecto, Gilberto encendió un habano Partagás Lusitanias y empezó a echar volutas de humo acre; su preferido era el H. Upmann Magnum, pero en vista de que estos últimos parecían estar en extinción, el amargo Lusitanias de casi ocho pulgadas de largo le resultaba un razonable sucedáneo.

Al llegar a la dulcería subió a la acera y aparcó el Plymouth en un espacio adyacente sin pavimentar y cubierto de arenisca. A un costado del sitio se veían los despojos de un derribo: pedruscos, madera podrida, bloques de concreto partidos y aglomeraciones de tuberías oxidadas. Su padre, que por aquel entonces frisaba los cincuenta, le ordenó quedarse en el coche mientras él hacía la compra. Entonces se escuchó un doble pitido de claxon en la bocacalle y prestaron atención. Un enorme Kamaz volquete color naranja. En la cabina, el conductor les hizo una seña con la mano que Gilberto ignoró. Dos hombres jóvenes, de unos treinta y cinco años a lo sumo, bajaron de un salto. Eran obreros de un equipo de demolición; musculosos y propensos a la exaltación y la guapería.

—Puro —le advirtió uno de ellos en voz alta—, ahí no puedes parquear.

—¿Y eso por qué? —preguntó Gilberto quitándose el habano de la boca.

—Esa zona es para el camión —dijo el obrero.

—Parquéate en otro lado, pero ahí no puede ser —añadió el otro.

El conductor del Kamaz se asomó a la ventanilla e hizo aspavientos con una mano mientras gritaba:

—Muévete, muévete ya, mi viejo, saca ese carro de ahí, que nosotros estamos trabajando.

Gilberto sonrió despectivo, sin darle importancia a la actitud animosa de los hombres que se acercaban.

—Eso no es problema mío. Yo ya estoy parqueado, así que se esperan a que yo termine de hacer lo que vine a hacer y después me iré. —Sin perder la sonrisa, añadió—: A mí nadie me mete velocidades.

El más alto de los obreros, de bíceps abultados y músculos tensos bajo la camiseta sin mangas, lo señaló con un dedo amenazador.

—Oye, puro, no busques líos…

—Yo no busco líos, chamaco. Llegué primero, resuelvo lo mío y luego me piro. Ya está. ¿Te cuadra o no te cuadra?

Hubo un instante de indecisión en ellos.

El de la cabina se exasperó. Sacó la cabeza y gritó:

—¡Oye, sáquenlo de ahí! ¡Acaben de sacarlo, que tengo que parquear ya!

El grandote se quedó quieto, pero el otro, un tipo fornido de piel cobriza, se acercó al Plymouth Deluxe y le dio una patada al parachoques cromado. Un error; Durán vio la rigidez de los músculos en la mandíbula de su padre.

85

—Mueve la máquina… —empezó a decir colérico el de la piel cobriza.

Gilberto no le dejó terminar la frase; le enterró el habano encendido en el ojo derecho y, sin perder el impulso, se inclinó para evitar el puñetazo del grandote, que pasó rozándolo, y le descargó un gancho de hierro contra el costado. Durán escuchó el sonido de costillas rompiéndose y vio al hombre abrir la boca como si le faltara el oxígeno y caer a plomo. El alarido de dolor del otro aún no había cesado cuando un directo al mentón lo derribó. Luego, sin mediar palabra, jadeando por el esfuerzo, Gilberto los pateó en el suelo una y otra vez hasta que perdieron la conciencia. Durán nunca le había visto moverse así de rápido, mostrando su lado más salvaje, la ferocidad en sus ojos, los reflejos marciales.

Su padre cogió una de las tuberías apiladas en el suelo y le gritó al conductor:

—Si tú crees que tienes los cojones bien puestos, maricón, baja ahora mismo de ahí y ven a decirme en mi cara que mueva el carro. ¡Bájate!

El conductor se quedó mudo. Dio marcha atrás, metió al Kamaz en el tráfico de Rancho Boyeros y se largó.

Gilberto aplastó el Lusitanias con la suela del zapato y entró en Sylvain para comprarle dulces a su hijo. Durán no quería ni pensar en lo que habría ocurrido si le hubieran abollado la carrocería al Deluxe; o peor aún, si el viejo hubiera tenido un mal día.

15

Despertó al escuchar los potentes graves del Big Twin acercándose.

En realidad, más que sueño propiamente, se había sumido en una especie de letargo, de trance en espera, como si fuera una criatura de sangre fría apostada bajo la arena del desierto aguardando a su víctima.

El Zurdo regresaba solo. Conveniente para Durán, en cierto modo.

El hombre pasó la verja y desmontó de la Harley para agacharse a manipular la cerradura del garaje. Durán oyó el sonido de la puerta corriendo por los rieles al replegarse hacia arriba y el ronroneo de la moto al entrar en el garaje.

Agazapado en la oscuridad de la cocina, escuchando al Zurdo caminar por la planta, descalzarse, dejar una mochila sobre el sofá, encender el televisor, aliviar su vejiga en el baño junto al recibidor, esperó su oportunidad; sabía que el próximo paso del tipo sería ir a buscar una cerveza al refrigerador.

El Zurdo no lo vio llegar. Quizás lo escuchó, pero demasiado tarde. Durán se acercó por detrás y, con absoluta precisión, le descargó un puñetazo en el temporal derecho, en el punto en que la mandíbula se une al cráneo. La cabeza del Zurdo se arqueó con violencia hacia la izquierda y el hombre perdió el equilibrio y cayó al suelo sin sentido.

Cuando se recuperó estaba en uno de los cuartos de la casa, sentado en una robusta silla partera trabajada en caoba, probablemente uno de los muebles más sólidos de su colección de época. Lo habían amordazado y tenía las muñecas atadas a los apoyabrazos con vueltas y vueltas de alambre y los tobillos anudados entre sí con un cable eléctrico arrancado de una lámpara. La cama y el colchón estaban reclinados contra la ventana en posición vertical, para hacer espacio. La araña de cristal que pendía sobre él, con bombillas incandescentes que simulaban velitas a medio derretir, echaba su luz fúnebre sobre la habitación de paredes desconchadas. Alguien había cortado un palo de escoba en pequeños cilindros de madera de quince centímetros de largo, les había aguzado uno de los extremos con un cuchillo y los había dispuesto en fila sobre el suelo, junto a un cincel afilado y un mazo Estwing con cabeza de hierro macizo de dos kilogramos y mango de madera provenientes del almacén de herramientas. En la sala habían subido el volumen del receptor de televisión.

El rostro del Zurdo se desencajó al ver a Durán entrar a la habitación con una silla de tijera en la mano. Durán se sentó en ella, a un metro escaso de su prisionero.

—Seguro que esperabas a cualquier otro menos a mí —le dijo.

El hombre amordazado asintió.

—Ahora ya sabes que tienes mala puntería. Pero no te culpes, Zurdo; en parte se debe a que tu ojo dominante tiene que haber sido el derecho, y ese se te fue a bolina hace mucho tiempo.

El aludido masculló algo debajo de la mordaza. Durán se inclinó y cogió del suelo el mazo de cabezas cuadradas y una de las estacas de punta afilada. El ojo inquieto del Zurdo siguió sus movimientos.

—Escúchame bien —dijo Durán acercándole el rostro—. Básicamente estoy aquí para hablar. Con hablar quiero decir que yo pregunto y tú me respondes. Necesito que me ayudes a aclarar varios puntos oscuros en este asunto que nos hizo compañeros en los días pasados. Mi amigo y yo cumplimos con nuestra parte del trato, incluso hicimos más de lo que nos correspondía, y ustedes no resultaron ser muy recíprocos al final de la jornada, ¿verdad?

Otro asentimiento.

—La cosa es esta. Voy a quitarte el trapo de la boca y, con un poco de buena fe por parte de ambos, vamos a tratar de ponernos al día. Pero te lo advierto; si intentas gritar, pedir auxilio o hablar demasiado alto, te rompo los dientes con este martillo y luego te saco el único ojo que te queda. ¿Nos entendemos?

Le aflojó la mordaza y el hombre tragó en seco; aparentaba sosiego.

—¿Vamos a estar solos o esperas visita?

—No espero a nadie —respondió el Zurdo; el tono de la voz traicionaba sus nervios. En la frente se le formaron pequeñas perlas de sudor.

—¿No se aparecerá Sandoval o algún otro colega tuyo?

—No.

—¿Tu anciana madre, tu tía, alguna amiguita, la mujer que te lava la ropa y te limpia la casa?

—No, no. No vendrá nadie. La mujer que me hace las cosas de la casa viene solo cuando yo la llamo.

Durán no soltaba el mazo y la estaca de madera.

—Encontré cinco K en uno de tus bolsillos…

—¿Cinco qué?

—Cinco kilos; cinco mil pesos en moneda convertible —aclaró Durán—. ¿Eso fue lo que te pagaron por tu participación en el palo?

—Sí. Cinco mil CUC.

—Ya. No quiero parecer protestón, pero a mí me

89

prometieron quince K en dólares y me pagaron con un tiro para luego tirarme en un hueco en medio del bosque. Y la verdad es que no me fue tan mal; a mi amigo le volaron la cara.

—Yo no tengo la culpa de lo que le pasó a tu amigo. A mí solo me pagaron por poner la casa para planificar la operación, conseguir lo que pidieras y manejar la *van* para llevarlos y traerlos.

—Pues me parece a mí que sobrecumpliste. Porque hiciste todo eso y, de paso, intentaste meterme dos tiros de gratis. Y discúlpame que piense así, pero tengo la impresión de que a Silvia no la mató Sandoval.

Hubo un ligero estremecimiento en el rostro del Zurdo al ser consciente de que Durán había descubierto el cadáver. A él no le pasó desapercibido.

—Te equivocas. Fue Sandoval quien la mató.

Durán sonrió. Sin alegría. Sabía que el hombre le estaba mintiendo.

—Ese Sandoval es muy desconsiderado contigo, diría yo. Le cortó el cuello con uno de tus cuchillos de cocina y luego la dejó tirada en tu baño para que te las arreglaras tú solo. Qué mal amigo, ¿no?

El Zurdo desvió el ojo inquieto.

—Sandoval tomaba las decisiones. Yo solo hacía lo que él me mandaba.

—Está bien —dijo Durán—. Olvídate de lo de Silvia. Ella tendría que haber sabido en lo que se metía. Ya que parece que Sandoval es el autor intelectual aquí, dime algo: ¿cuándo volverás a verlo?

—Eso nunca se sabe —respondió el otro—. Sandoval va y viene a su antojo. Aparece cuando le conviene, cuadra algún trabajo conmigo y luego no lo vuelvo a ver en meses.

—Se evapora, ¿no?

—Sí, eso.

—¿Dónde vive?

—No lo sé.

—¿Dónde trabaja?

—No puedo decírtelo.

—¿No puedes o no quieres?

—Es que no lo sé —se disculpó el Zurdo.

Durán se levantó y le volvió a ajustar la mordaza sobre la boca.

—Bueno —dijo—. Como veo que no nos estamos entendiendo, creo que es hora de aplicarte un poco de terapia de choque, para que recuperes la memoria. No me gusta perder el tiempo.

Empuñó la estaca y la sostuvo sobre la piel del brazo izquierdo del Zurdo. Alzó el mazo y observó cómo el hombre se encogía en la silla. No lo hizo esperar. El golpe del mazo hundió media estaca en el bíceps y el rostro del Zurdo se transformó en una mueca de dolor, el grito ahogado por la mordaza convertido en un rumor lejano; la espalda se le arqueó hacia atrás, la mandíbula tensa como si el Zurdo quisiera romper la prisión de su cuerpo y escapar de aquella habitación.

Luego se desmayó.

Durán examinó la herida, comprobó que todo fuera bien. Se sentó a esperar.

La sangre bajó por la caoba y empezó a caer en gotas al embaldosado.

Cuando el Zurdo recuperó el sentido, Durán le comentó:

—Siempre he tenido la impresión de que a tu edad el umbral del dolor es bastante bajo, lo cual te hace extremadamente vulnerable. Pero tranquilo, esa es la idea. ¿Vas a hablar ahora o quieres más terapia?

El hombre farfulló algo y negó con la cabeza.

—Mira, flaco, aunque no lo creas, esto puede durar todo el día. Mi intención es infligirte mucho dolor sin matarte, y sé cómo hacerlo. Porque lo que yo quiero es que me des respuestas. Y quiero información sustanciosa.

Quiero que me expliques quién planificó el golpe, quién está detrás de Sandoval, cuál es el vínculo del mandamás con Silvia y por qué la mataron. Pero sobre todo, ¿podrías precisarme dónde puedo encontrar a Sandoval?

El Zurdo, atado y sudoroso, temblaba como una hoja sacudida por el viento.

—Seguro que no me entendiste a la primera —dijo Durán—. Nadie entiende nunca a la primera. Podría decirse que es un dato estadístico constatado.

El otro gritó algo bajo la mordaza. Sonó como si hubiera dicho «hijoputa».

—Comprendo. Quieres más.

—Uhhhh.

Durán palpó la pantorrilla izquierda del prisionero, la sujetó firmemente contra la silla mientras el hombre con la camisa empapada de sudor lloraba asustado y le clavó de un mazazo otra estaca en el gemelo externo. El Zurdo se tragó el alarido, se arqueó en un espasmo, puso el ojo inquieto en blanco y volvió a perder el sentido. A través de la tela que le cubría la boca empezó a brotarle un espumarajo.

Durán le aflojó la mordaza, para que no se ahogara.

Se quedó sentado en silencio, a la espera de que el hombre se recuperara. La sangre del gemelo perforado, de un color rojo con visos marrón, formaba un charco bajo la silla partera. En la televisión, a juzgar por el comentarista del parte de noticias internacionales, el mundo seguía sin acabarse pero el fin anunciado parecía estar cada vez más cerca.

El Zurdo emitió un gorgoteo con la garganta y despertó con sangre en los labios. En su mirada Durán encontró furia, odio y humillación, pero sobre todo una expresión de pánico creciente. Comenzó a respirar fuerte y entrecortadamente.

—¿Qué tal? —preguntó Durán—. ¿Más animado?

—Agua —jadeó el Zurdo.

—¿Agua?

—Sí…, por favor.

—Lamento decirte que no habrá agua hasta que no me hayas contado lo que necesito saber. Va a ser así, ya te lo expliqué antes. ¿Nos entendemos?

—Necesito agua.

Él se inclinó hacia el suelo y cogió otra estaca.

El Zurdo cerró los párpados con fuerza y se echó a temblar.

Durán se acercó y le clavó la estaca un poco por encima de la clavícula. La punta de madera afilada atravesó el músculo trapecio y asomó por detrás roja de sangre. El Zurdo se retorció e intentó gritar, pero Durán soltó el mazo, lo aferró por la cabeza y le inmovilizó la mandíbula hacia arriba.

El Zurdo no se desmayó esta vez, pero perdió el control de los esfínteres.

El olor a orina y excrementos invadió la habitación.

La sangre empezó a extenderse por la camisa.

—Si quieres que desaparezca de tu vida —dijo Durán— vas a tener que empezar a hablar. ¿En serio eres tan masoquista?

—¿Qué coño quieres que te cuente? —Empezó a sollozar, tragando saliva y sangre mientras jadeaba a causa del dolor—. Ya te dije que solo seguía órdenes del negro. Ustedes dos, al igual que los custodios y Silvia, estaban marcados para morir desde el comienzo. Eso ni siquiera lo ideó Sandoval. El plan venía de arriba, del hombre para el que trabaja.

—¿Cómo se llama ese tipo?

—No lo sé.

—¿Volvemos a las mentiras?

—No, no, te juro que no lo sé. Sandoval nunca hablaba de eso.

—Está bien. Cuéntame todo lo que sepas.

Resultó que Silvia era la amante del Hombre Invisible. Ella sabía que en la empresa se guardaba algo que valía la

93

pena robar y entre los dos planearon el golpe a Corporación Servitec. Por supuesto, había sido el Hombre Invisible el responsable directo de mover influencias para propiciar la prematura salida de prisión de Rubén y Durán. Lo que Silvia desconocía era que su amante estaba dispuesto a sacrificarla en el curso de la operación. Él y su sicario, Sandoval, lo tenían todo bien pensado: la desaparición de la mujer y de los dos custodios les haría parecer como autora y cómplices del robo. Y luego solo era una cuestión de deshacerse de los especialistas para eliminar testigos, minimizar los riesgos y optimizar la ganancia.

—¿Y qué había en esa caja fuerte? ¿Qué fue lo que robamos?

—No lo sé. Podrían ser divisas, podrían ser joyas o un contrato firmado con alguna empresa extranjera. No sé si se trataba de algo de importancia empresarial o alguna propiedad de valor del director de Servitec.

—¿De dónde venías ahora?

—De llevar el carro de Silvia a un desguace privado.

Al final del día el VW gris estaría completamente despiezado; su carrocería cortada en trozos y fundida, sus partes y complementos listos para ingresar en el circuito voraz del mercado negro automotriz de la ciudad.

—¿Sandoval fue contigo?

—Sí. Me acompañó en la *van*, con la moto adentro, para que yo regresara en ella.

—Y la caja fuerte, ¿dónde está?

—Se la llevó él en la *van*. Supongo que la abrirá por su cuenta.

—¿Y no sabes dónde vive?

—No. En serio, no lo sé. —Se estaba quedando sin resuello.

—¿De dónde lo conoces tú?

El Zurdo desvió la vista. Tenía el blanco del ojo inquieto inyectado en sangre. Las ataduras de alambre se hundían en la carne de sus muñecas.

—De hace años. De un negocio de salidas clandestinas del país. Me ayudó a sacar gente. Desde entonces estamos en contacto. Hacemos negocios.

—¿Cómo lo localizas?

El Zurdo suspiró con pesantez. Se le veía maltrecho y derrotado.

—No lo hago. El negro se pone en contacto conmigo. Siempre. Me llama por teléfono a la casa o al celular.

Durán fue a la mesa de la sala y trajo el teléfono móvil, un Motorola V3 color aluminio, de tipo plegable. El Zurdo le señaló las llamadas de Sandoval; aparecían como números ocultos. Durán preguntó la contraseña, apagó el móvil y se lo echó en el bolsillo.

—Escucha bien, Zurdo. —Le clavó la mirada—. Sé que le tienes miedo, pero si me dices dónde puedo encontrar a Sandoval, me encargaré de que no te mate.

El prisionero levantó el rostro con esfuerzo. Negó con la cabeza.

—Tú no lo entiendes. No sabes a lo que te expones. El negro tiene muchos recursos. Si se entera de que estás vivo...

Durán cogió el cincel de acero y recuperó el mazo. El Zurdo se interrumpió. Durán le colocó la punta del cincel sobre la articulación de la muñeca derecha, alzó el mazo y dijo:

—Última oportunidad.

—El negro trabaja en el Presidente.

Durán bajó el mazo.

—¿En el hotel Presidente?

—Sí. En el piano-bar.

—¿Ves que no era tan difícil?

—Ya contesté tus preguntas —dijo el Zurdo—. ¿Puedo tomar agua ahora?

Durán le contestó:

—Primero vamos a hacer una cosa.

Arrastró la silla hasta el baño donde estaba la mujer

95

muerta. El Zurdo la vio y empezó a llorar. Gemía cuando Durán trajo unos alicates, cortó los alambres que apresaban sus muñecas, el cable eléctrico de los pies y le ató los brazos a la espalda.

—El negro me obligó, él me obligó a hacerlo.

—Esa mujer es lo último que verás —le anunció Durán pasándole un lazo corredizo por el cuello y apretándolo.

La soga la había encontrado antes entre las herramientas del garaje. Lo tenía todo preparado. La soga subía hasta una viga en el techado del baño y el otro extremo llegaba a sus manos.

El Zurdo intentó chillar de terror, pero Durán aferró la soga y empezó a tirar y alejarse hacia la puerta del baño. El Zurdo se contorsionó en el aire, con la lengua expuesta y el rostro congestionado por la asfixia.

Poco antes de que cesaran las convulsiones y el Zurdo dejara de moverse, Durán sintió el sonido del ojo de cristal cayendo al suelo; la canica rebotó en el embaldosado y rodó hasta chocar con un costado de la bañera de hierro esmaltado donde yacía Silvia Ortiz.

Dejó el cadáver colgado —puzles para la Policía Científica, que se ganaran la vida, para variar— y se fue a buscar la Harley-Davidson para marcharse de allí.

16

El padre de Durán no se prodigó con la educación de su hijo. Nunca compró un libro para él, ni lo llevó al cine, ni escuchaban música juntos. Durán no tuvo más remedio que abrirse camino en esas materias por sí mismo, cosa que, como poseía una mente ágil, no significó mucho esfuerzo.

Eso sí, le enseñó a conducir: coches, motos, camiones, cualquier cosa a la que le hubiera echado mano en su dinámica con vehículos robados.

Pero sobre todo, le enseñó a disparar. Cada fin de semana, casi sin excepción, lo llevaba a un campo de tiro, mostraba un carné falso de oficial activo de las FAR y luego sobornaba al custodio de turno para que les dejara practicar con armas propias no autorizadas; las armas de fuego tenían que estar inscritas y las de Gilberto no cumplían ese requisito. Por supuesto, cambiaban de sitio cada vez, para evitar a los chivatos. Iban a un club de tiro deportivo en Vento, a la estación de Arroyo Arenas, al campo de las Milicias de Tropas Territoriales siguiendo la ruta de la calzada de Bejucal y a un garaje soterrado del reparto Los Pinos, regentado por un rubio cincuentón al que su padre llamaba el Albino y que había sido un compañero de tropa durante la guerra en Angola. El Albino les rentaba el espacio, algunas armas y la munición afín, cuyos calibres él mismo se encargaba de modificar.

A Durán se le daba muy bien el tiro. Disparaba con pistolas Stechkin APS y Makarov soviéticas, con Glock 17 y con viejos Colt 45 y S&W calibre 38. Tenía buena precisión con esas armas, pero sus preferidas eran las piezas que más trabajo le había costado dominar: una escopeta de corredera Winchester Modelo 12 de los años cuarenta —heredada del abuelo— y la joya de la corona del pequeño arsenal paterno, un revólver Colt Python que empleaba cartuchos .357 Magnum, adquirido por Gilberto en Luanda e introducido en Cuba ilegalmente al final de la campaña angolana. Para Durán, que tenía doce años, sostener el Python era como tener una ametralladora del calibre 30 sin trípode de apoyo, y aun así se las arreglaba para hacer buenos blancos a más de treinta metros de distancia.

Con los años, a medida que crecía, su pulso se hizo más firme.

Su padre le alejó las dianas; le puso objetivos más difíciles.

Y Durán siguió mejorando. Siguió clavando sus disparos.

«Indómito», le escuchó decir con regocijo en una ocasión. Se quedó en silencio, sin entender a derechas qué había querido decir con eso, pero advirtió el fulgor en los ojos de su padre. Nunca antes se había sentido tan cercano a él, y nunca lo estaría tanto después de aquel día.

17

La Harley bramaba en el fragor del tráfico de Centro Habana. Durán atravesó el Barrio Chino por Zanja para tomar una vía más rápida y luego bajó por Rayo a encontrar San Rafael, donde hizo un giro prohibido a la derecha, se montó sobre la acera para esquivar un camión y aceleró hasta la puerta del edificio donde vivía su padre.

El edificio, de fachada ruinosa y tiznada de hollín, se alzaba justo al final de la tienda por departamentos Flogar con el antiguo almacén Woolworth —al que su abuelo paterno llamaba Ten Cents—, ubicado en la acera de enfrente. Sesenta años antes, cuando existía la fastuosa tienda El Encanto y San Rafael poseía las mejores joyerías, mercados y peleterías de la ciudad, los compradores compulsivos llamaban a aquel cruce la Esquina del Pecado. Pero el tiempo y las circunstancias habían sido inclementes; las vidrieras y la puerta del Woolworth a San Rafael estaban tapiadas y un tipo de trasiego diferente —tejido de picardía por jineteros, revendedores y putas madrugadoras— bullía entre los tenderetes del parque Fe del Valle, el bulevar y los soportales de la calle Galiano, dándole una connotación diferente al mote de la otrora famosa esquina.

Aparcó a un costado de la puerta, junto a una Jawa 350 y una ETZ de la antigua República Democrática Alemana.

Había un negrito de unos doce años cuidando las motos. Vestía chancletas de plástico, camiseta desmangada y pantalón de uniforme de enseñanza secundaria recortado; Durán no lo conocía, pero siempre había un chico del barrio cuidando las motos previo pago de los interesados. El chico se quedó sorprendido con el billete de cinco CUC. Durán puso el candado, le explicó dónde localizarlo si había algún problema con la Harley, recogió la alforja y entró al edificio.

El inmueble, un viejo hospicio reconvertido en cuartería durante los años sesenta, apestaba a meados de gato y miasmas. Escaleras estrechas de mármol sin pasamanos, paredes agrietadas faltas de pintura, el cableado eléctrico expuesto y remendado con cinta Scotch; un dédalo de pasillos oscuros y rellanos, música alta, discusiones airadas a puertas abiertas, gente acarreando cubos de agua. Durán había vivido en esta maloliente madriguera de cuartuchos hacinados la mayor parte de sus cinco años de estudiante en la CUJAE, hasta que conoció a Zenya y se fue a vivir con ella a un apartamento de la Quinta Avenida, frente al Casino Español y el rehabilitado Coney Island. A menudo —aunque tenía que reconocer que tampoco demasiado— le sorprendía que la vida de su padre, tan rebelde y hedonista, terminara varada en aquel lugar.

La puerta del cuartucho de Gilberto estaba entreabierta. Adentro se oía la tele. Durán entró y se encontró a su padre sentado en su silla de ruedas frente al receptor, mirando una reposición de *El encantador de perros* en el canal Multivisión. El televisor era un Caribe de tubo de vacío en blanco y negro, una reliquia ensamblada en los ochenta con piezas y transistores soviéticos. La silla de ruedas era un engendro construido por el propio Durán a partir de tuberías de acero, una silla metálica con las patas rebajadas, ruedas de bicicleta de 26 pulgadas y pequeños rodamientos de bolas ejerciendo de ruedas delanteras.

El habitáculo tendría unos doce metros cuadrados más

o menos, pero había altura suficiente para construirle encima una barbacoa con espacio para caminar erguido, almacenar porquerías diversas y tener un colchón donde tirarse a dormir. Abajo estaba atestado de muebles vetustos, la mayoría procedentes del apartamento donde habían vivido con la madre de Durán; un sofá de mimbre quebradizo, un par de taburetes, un librero de madera contrachapada, la mesa de formica y metal donde estaba el televisor Caribe y poco más, contando la silla de ruedas y su ocupante. Apenas quedaba espacio para un baño minúsculo con una cortinilla de hule como puerta y un pequeño reverbero de alcohol bajo la escalera de madera que conducía a la barbacoa. El repello de las paredes, un mortero de cemento arenoso y recebo de mala calidad, estaba disimulado por una decena de cuadros con retratos color sepia de hombres con bigotes poblados y mujeres de ojos tristes que Durán ignoraba si eran antepasados de su familia o del inquilino anterior del cuartucho.

—Ey —dijo él, parado en el umbral, la alforja al hombro.

Su padre se volteó en la silla y lo miró. Solo un instante.

—Ey —le respondió. Casi un gruñido; típico saludo Durán-Durán—. ¿Quieres café?

—Ahora no.

Gilberto centró su atención en la TV. En la pantalla, César Millán aconsejaba a una compungida mujer sobre cómo lidiar con su belicoso rottweiler.

—Tú te lo pierdes —dijo—. Está acabado de colar.

Era cierto. Y olía bien. Grano robusto, cultivado en montaña.

Pero él tenía otras prioridades.

Se apresuró por la escalera y subió a la barbacoa, trepando por encima de paquetes de periódicos de los sesenta y setenta clasificados por meses y años, revistas *Bohemia* y *Sputnik,* ejemplares encuadernados del su-

101

plemento gráfico de *Lunes de Revolución*, centenares de apolillados *National Geographic* de lomo amarillo y montones de polvorientas *Selecciones del Reader's Digest* de la década de los cincuenta. Las cucarachas se escabulleron en las penumbras de la selva de celulosa mientras Durán abría la ventana para iluminarse y echaba a un lado los paquetes de papel impreso envejecido para liberar el acceso a un gavetero de cedro.

En el primer cajón del mueble, enterrada bajo las fotos desteñidas de su padre en la jungla africana, encontró la caja que buscaba. Dentro, el revólver Colt Python, enorme y bruñido, acabado en acero inoxidable, cañón de seis pulgadas y cachas de nogal en la culata. Aferrar el arma le dio seguridad por primera vez en mucho tiempo. Encontró las municiones del calibre .357 y rellenó el tambor. A Durán le encantaba el revólver; la potencia de fuego, la precisión y el hecho de que los casquillos permanecieran en el interior del tambor, evitando que fueras dejando un montón de evidencias inculpatorias por ahí.

En el siguiente cajón, envuelto en un paño grueso, en perfectas condiciones, la escopeta del abuelo, Winchester M12 de corredera, acompañada con sus cajas de postas del 12. Usar solo en caso extremo, le indicaba su instinto. No era un arma discreta, en ningún sentido, pero recortarle el cañón o la culata para disimular su tamaño sería «mutilación y sacrilegio», al decir de su dueño original.

Desde abajo, alzando la voz por encima de los ladridos en la tele, su padre le dijo:

—Mayo, cierra esa jodida ventana ya, que si llueve se me van a mojar los periódicos.

Gilberto llevaba años obsesionado con su hemeroteca de mercadillo. Decía que los de arriba cambiaban el pasado todos los días a su conveniencia, pero que en sus archivos personales la Historia seguía intacta, incorrupta, como si estuviera tallada en piedra; que a él esta gentuza comunista lo había engañado antes, pero que ya no podrían embutirlo más con sus discursos tergiversados, su revisionismo y sus noticias falsificadas.

Durán cerró la ventana de la barbacoa y guardó el Python y la munición en la alforja de cuero. Devolvió la M12 a su sitio. Por el momento, con el revólver sería suficiente; pero regresaría a buscar la Winchester cuando consiguiera un vehículo adecuado para llevarla oculta. Dejó la chaqueta, bajó un poco por la escalera y se sentó en uno de los peldaños intermedios, como hacía cuando era un adolescente. Si arriba apestaba a papel viejo, abajo predominaba el tufillo mohoso que se desprendía de la bolsa de orina colgada en la silla de ruedas de su padre. Su enfermedad y las complicaciones postoperatorias habían postrado a Gilberto en la silla, obligándolo a permanecer en aquel cuartucho, atado a la rutina de pastillas y a las sesiones de diálisis quincenales en el hospital; un hombre cuesta abajo, vulnerable y debilitado que rumiaba su propia bilis y resentimiento hacia el mundo.

Su padre siempre sabía cuándo Durán lo estaba observando.

—¿Te queda algo de ron? —preguntó sin apartar la vista del televisor. Lo decía como si no hubiera dejado de ver a su hijo durante más de un año y medio. Tal vez estuviera perdiendo el sentido del tiempo.

Durán subió a registrar la alforja y regresó con una petaca de cristal llena con Havana Club añejo. Se la entregó a Gilberto.

El viejo lo miró de soslayo.

—¿Vas a echarte un trago o tengo que envenenarme solo?

—El alcohol no me conviene hoy.

—¿Tú también estás tomando pastillas? —se burló Gilberto.

—Algo así.

—Bueno, allá tú. Más para mí.

El viejo se dio un trago de líquido ambarino directamente de la petaca. Hizo una mueca.

—¿Qué tal?

—Una mierda —protestó el viejo—. No había bebido nada tan safio desde los tiempos del ron Bocoy.

Pero no soltó la botella. La retuvo y vertió parte de su contenido en el jarro de café. Probablemente la medicación le había alterado el paladar.

—Voy a necesitar un carro —dijo Durán.

—Para eso tienes que ir a Los Pinos —sugirió su padre—, a ver al Albinito.

—Viejo, el Albino se murió hace tres años.

—Yo te estoy hablando del Albinito, el hijo del Albino. Aprende a escuchar antes de hablar de más.

Ir a Los Pinos no le parecía buena idea; demasiado trayecto. Y no conocía al tal Albinito. Tenía que buscar otra opción.

Durán se sirvió un poco de café. Estaba muy bueno, aunque demasiado fuerte y amargo para beberlo sin azúcar. Su llave seguía colgada del mismo clavo en la pared donde la dejó cuando se fue de casa, cuatro años atrás. La recuperó, volvió a los peldaños y se sentó a esperar; el café recién hecho, la puerta entreabierta, un par de piezas de ropa y el nivel de suciedad reducido a un mínimo factible le dieron pie a la especulación.

No tuvo que esperar mucho.

La chica entró y tuvo un sobresalto. A Durán le pareció muy joven; quizás menos de dieciocho años. Mulata cobriza de ojos etíopes, con una pizca de india taína, sangre de Baracoa. Llevaba unos tejanos cortados a medio muslo y chancletas de playa con las suelas desgastadas. Caderas generosas y senos pequeños, cónicos. La camiseta ajustada y corta, por encima del ombligo, dejaba traslucir la oscuridad de los pezones. El cabello lacio, negrísimo, exudaba una fragancia que él imaginó en algún tipo de criatura silvestre.

—Tú debes ser Mayito —dijo ella. Tenía acento oriental, un poco cantarín.

—Ajá —asintió él sin moverse de la escalera.

—Me imaginé que tarde o temprano acabarías apareciendo por aquí. —Dejó en el suelo la cesta de yarey que traía—. Yo soy Dunia.

Otro asentimiento.

—¿Ya probaste el café?

—Sí. Muy bueno.

—De mi tierra. Mayarí.

—¿Mayarí? Eso está en Oriente, ¿no?

—En Holguín, para ser exactos —apuntó ella.

—Estás lejos de casa, Dunia.

—Hace tiempo que no vivo allá.

Gilberto se volteó hacia ellos.

—No me atosigues a la niña con preguntas, Mayo —advirtió—. Esta chiquita ha sido mi salvación. Gracias a ella no me he ido del aire.

—No he preguntado nada todavía —dijo él.

—No le hagas caso —intervino la chica—. El Gilber es bastante territorial; ya lo conoces.

—Supongo.

—No supongas —terció su padre con acidez—. Eres pésimo suponiendo.

Momento incómodo. Dunia lo rompió.

—Yo estaba tendiendo ropa en la azotea, pero ya sabes que hay que vigilarla para que no desaparezca. —Agarró la cesta—. Bajé a recoger la segunda parte de lo que acabo de lavar. ¿Me das una manito para subirla o te vas a hacer el difícil?

Azotea. El sol fustigaba la ciudad. El cabello azabache de Dunia ondeando en la brisa, las pantorrillas torneadas contrayéndose cada vez que la chica se alzaba en puntillas para colocar la ropa mojada en el cordel de la tendedera.

Él apartó la vista de la estrecha cintura y el trasero ceñido y la dejó vagar por los techados derruidos de Centro Habana. La chica terminó de tender y se acercó.

—¿Puedo fumar?

—Claro. Son tus pulmones.

Ella se inclinó hacia el bolsillo de tela cosido en la parte externa de la cesta de yarey; sacó un cigarrillo liado a mano y un encendedor desechable de gas butano con el depósito plástico de color verde traslúcido.

—Si quieres preguntarme algo, este es el momento ideal —dijo.

—¿Qué edad tienes?

—Veinte. ¿Por?

—Pareces más joven.

—Me lo han dicho mucho, sí. ¿Por qué es importante mi edad?

—Es importante porque vives en casa de Gilberto.

La chica expelió el humo, se acomodó el cabello tras la oreja. Parecía sonreír con los ojos. Tenía los labios gruesos, voluptuosos.

—Estoy cuidando a tu padre hace seis meses. Se está muriendo, ¿lo sabías?

Durán quiso añadir que Gilberto se estaba muriendo desde el año noventa y cuatro; consumiéndose por dentro sin saberlo desde que Elsa los había abandonado. Pero no fue lo que dijo.

—¿Eres su enfermera? —La observación le salió con un deje burlón.

—Calificada estoy —dijo ella—. Eso fue lo que estudié en Holguín… Bueno, al menos hice parte del Técnico Medio. Quería especializarme en obstetricia.

—Y terminaste dedicándote a un viejo moribundo en La Habana.

—Eso es. Limpio el cuarto, cocino para los dos, lavo, le cambio las bolsas y lo llevo al hospital. Atiendo sus necesidades.

—¿Sus necesidades? Es un viejo con mucha suerte.

Ella lo miró desafiante.

—Si lo que tú me estás preguntando es si estoy dur-miendo con Gilberto, la respuesta es no.

—Pero él podría confundirse.

—No creo. No me ve con esos ojos.

—Lo dudo.

—Haces mal. La relación mía con Gilberto es más complicada de lo que te imaginas. Tiene que ver con algo que pasó en los años ochenta.

—¿Y cómo puede ser eso, si tú solo tienes veinte?

—Sucedió cuando Gilberto estaba en el Ejército, du-rante la guerra de Angola. Mi papá y tu padre estuvieron juntos allí. Un día cayeron en una emboscada de los sudafricanos y la mayoría de sus compañeros de pelotón murieron en el tiroteo. Mi papá y Gilberto lograron esca-par, pero se perdieron en la selva. Mi papá era muy joven, tendría veintidós años como mucho; tenía metralla en una pierna y no podía hacer otra cosa que arrastrarse y dificultarles la huida. Gilberto no lo abandonó. Mi papá me contó que lo vendó y lo cuidó varios días en un es-condite, y luego había construido una parihuela para arrastrarlo por la selva. Estuvieron perdidos por ahí más de una semana. Mi papá tenía fiebre y no paraba de llo-rar, y para colmo la herida de metralla se le infectó y a Gilberto no le quedó más remedio que cortarle la pierna. Pero le salvó la vida, y lo llevó hasta un pueblo en la zona controlada por las tropas cubanas.

—No me imagino a Gilberto haciendo algo así. Nunca le vi haciéndole un favor a nadie que no fuera a sí mismo.

—Pero así fue. Mi papá le debía la vida al tuyo. Nunca paró de recordárnoslo a mí, a mis hermanos y a mi mamá. Nos decía que toda su felicidad en el presente, todo el aire que respiraba, se lo debía al habanero que lo había salvado en África. Por eso cuando vine a la capital lo primero que

107

hice fue ir a conocer a ese hombre. Lo vi jodido, enfermo, y al momento decidí quedarme a cuidarlo.

—Gilberto no es ningún premio, te lo advierto.

—No es culpa mía que la palabra sacrificio no exista en tu vocabulario. Lo menos que puedo hacer por tu padre es ayudarlo. Piénsalo; si no es por él yo ni siquiera habría nacido.

Durán se quedó mirándola a los ojos.

—¿No me estarás contando un cuento de camino?

—No. ¿Quieres que me vaya?

—No he dicho eso.

Se inclinaron sobre el borde del muro, muy cerca el uno del otro, con los codos apoyados en el cemento rugoso, mirando hacia el norte, donde a lo lejos la sucesión de bloques de edificios cesaba de golpe frente al litoral.

—Con este viento y el sol que hace la ropa ya casi está seca —comentó ella.

Dejaron pasar los minutos en silencio.

—Dunia no es un nombre muy común en estos tiempos —dijo Durán al cabo de un rato.

La vio sonreír por primera vez; pómulos marcados y un atisbo de dientes muy blancos.

—Es Dunieska, en realidad. Pero a mí no me gusta nada; lo encuentro tan ridículo y... extranjero.

—Ruso.

—Por eso prefiero Dunia, que es como me llamaba mi papá. Total, dondequiera que vaya la gente me llama indistintamente China, Negra o India. —Apagó el cigarrillo contra el muro, lo dejó caer al suelo y lo aplastó con la chancleta.

A Durán le hizo pensar en Silvia y su manía de lanzar los cigarrillos encendidos.

—¿Y dónde está tu padre ahora?

Los ojos de Dunieska se achinaron.

—Mi papá murió. El año pasado. Cogió algo malo que había en el agua, un virus..., no sé. Se jodió. Por eso vinimos para La Habana. Las cosas en Mayarí están muy malas. Allí es muy difícil buscarse la vida. Cuando enterramos a mi papá, mi mamá tomó la determinación de que nos fuéramos a vivir con un hermano de ella y su familia, que están aquí hace años. Así que ya sabes, conseguimos todo el café que pudimos, como ese tan rico que tomaste, agarramos los cuatro tiliches que teníamos y nos montamos en un camión; mis abuelos maternos, mis hermanos más chiquitos, mi cuñada con mis sobrinos y mi mamá. Yo no iba a quedarme sola allí; tuve que dejar la Enfermería y venir con ellos.

—La tribu completa —dijo él—. Y luego dicen que La Habana no aguanta más.

—Sí, pero no vinimos para la ciudad. Nos instalamos en Paraíso.

—¿Paraíso?

—Ajá, un llega-y-pon que está cerca de la Carretera Central, por Bauta. Allí vivían más de mil personas; estuvimos un tiempo en ese lugar hasta que hace un mes vino la Policía y desmanteló la aldea. Cogieron presos a unos cuantos recalcitrantes que se negaban a irse, inmigrantes reincidentes con expedientes abiertos, y a los demás los deportaron para sus provincias con amenazas de cárcel para los que volvieran. Ahora aquello es un pueblo fantasma.

—Y a ti te salvó el cuartico de Gilberto.

—Podría decirse así. Yo me estaba quedando con Gilberto cuando la Policía desalojó a la gente del llega-y-pon; iba y venía para conseguir café y venderlo aquí y así ayudar a mi familia y comprar lo necesario para Gilberto y para mí. Un día fui y ya no quedaba nadie en Paraíso. Me enteré de lo que pasó porque mi mamá me lo contó por teléfono semanas después.

—Pero tu situación en la ciudad sigue siendo ilegal —apuntó él—. Si te para algún policía de esos que se encarnan, te botarán sin contemplaciones. Mi viejo no podrá hacer nada por evitarlo.

—Entonces me iré sin contemplaciones —declaró Dunieska—. Yo no me aferro a nada. Esperemos que no ocurra. —Echó un vistazo apreciativo a la ropa colgada—. Me queda otro cigarro, ¿quieres compartirlo?

—Hace años que no fumo.

—Da igual. Sería algo más bien ritual; como si fumáramos juntos la pipa de la paz.

Compartieron el cigarrillo. Caladas cortas y asentimientos.

—¿El viejo no te deja fumar allá abajo?

—Que va, él no me dice nada. Soy yo la que no me atrevo; con la cantidad de papel que hay ahí se te puede formar un incendio en un santiamén.

—A veces pienso que me fui de aquí para huir del olor a tinta de imprenta.

—Qué remilgado.

—No, en serio. En la universidad toda mi ropa olía a periódico viejo.

—Tampoco está tan mal el cuartico. He dormido en lugares peores.

—Yo también.

—Por cierto; sé que no es asunto mío pero ¿dónde has estado metido todos estos meses que llevo aquí?

La miró de reojo.

—Tienes razón. No es asunto tuyo.

—Ya. —Dio una calada—. Eso significa que estuviste guardado.

Durán no dijo nada.

—Recuerda que el que calla otorga —se mofó ella dándole un toque muy leve con el codo, como si le conociera de toda la vida.

—Creí que estábamos fumando la pipa de la paz.

A ella le hizo gracia. Cuando reía sus ojos se convertían en hendijas.

—Entonces, ¿eres medio enfermera?

—Algo así. ¿Por qué?

Él se levantó la camiseta y le mostró las heridas. Dunia abrió la boca con asombro. Apagó el cigarrillo. Levantó las vendas con cuidado y lo examinó. Tenía las manos cálidas, muy suaves.

—No están infectadas —dictaminó—. Pero no se van a cerrar solas.

—Hay que coserlas, ya lo sé. ¿Te encargas?

—En cuanto tenga hilo de sutura y material esterilizado. Y para conseguirlo tengo que tocar con limón a algún auxiliar de enfermería del Policlínico.

Durán sacó un billete de cincuenta CUC.

—¿Alcanza con esto?

Dunia regresó del Policlínico con aguja e hilo de sutura; trajo además otro tipo de antibióticos, más adecuados que los que Durán había encontrado en la casa del Zurdo. Subieron a la barbacoa y abrieron la ventana para tener luz. Gilberto, abajo, seguía pendiente de la televisión.

Ella quiso entregarle el dinero sobrante, pero Durán le dijo que se lo quedara para los gastos de la casa. Le añadió otros doscientos CUC.

—Estás maceta, chico —bromeó ella—. ¿Asaltaste una Cadeca?

Durán ignoró la pregunta; se quitó la camiseta y se tendió de costado en el colchón. Dunia le repasó las heridas con líquido antiséptico y empezó a coserlo.

Dolía. El dolor revolvía los recuerdos, lo mantenía enfocado en la urgencia.

Necesitaba conseguir un coche.

—Hay una cosa que te quiero preguntar, Mayito —dijo ella mientras cerraba con destreza el agujero de salida—. Es algo personal.

Durán se la imaginó desnuda sobre él, abrasándole el cuerpo con el calor de su piel. Reprimió una mueca de dolor al sentir cerrarse la puntada.

—Tú dirás.

—¿Por qué estás tan furioso?

—No te sigo.

—Tus ojos —indicó ella—; hay rabia en ellos. Una rabia profunda, ciega. Te he estado observando desde que te vi, y es como si algo oscuro nublara tu mirada. Por un momento, mientras estábamos allá arriba fumando, hablando, ese algo se despejó. Y ahora ha vuelto. Está ahí, puedo verlo.

—¿También eres medio bruja, además de medio enfermera?

—A lo mejor es algo típico de ustedes, los Duranes. El resabio de tu padre lo entiendo; está viejo, jodido y amarrado a una silla de ruedas. Pero... tú...

La ardentía comenzó a remitir.

—Te estás imaginando cosas.

—No. La furia sigue ahí. Implacable. Creo que nunca en mi vida he conocido a alguien que estuviera más furioso que tú.

—Acabas de nacer. Espera y verás.

—No, en serio, ¿por qué estás tan furioso?

—Estoy bien —dijo él—. Solo necesito descansar.

Se durmió.

18

Ya había anochecido cuando despertó. Olía a costillas de cerdo, arroz congrí y plátanos tostones; habilidad culinaria de Dunia, magia de moneda convertible. Se sentía mucho mejor ahora y, lógicamente, hambriento.

Pero se le hacía tarde. Tenía que ponerse en marcha.

Se calzó las Caterpillar, agarró la alforja y bajó de la barbacoa. La TV seguía encendida, su programación convertida en ruido de fondo. La chica estaba abriendo una lata de coco rallado en almíbar junto al mueble del reverbero. Tras la cortina de hule escuchó el sonido del agua cayendo del jarro que usaba Gilberto para bañarse.

—Huele bien —dijo él.

Dunia volcó el contenido de la lata en un plato de cerámica.

—Siéntate y te sirvo enseguida. —Sonrió—. No es que haya mesa, pero…

—No tengo tiempo. —Echó mano de tres tostones salados—. Me voy.

Sacó un fajo de billetes de diez y se lo extendió.

—¿Y eso para qué?

—Para lo que haga falta.

La chica tomó el dinero. Lo miró con intensidad a los ojos.

—Pero vuelves, ¿no?

Él se encogió de hombros.

—Nunca se sabe.

Otro adolescente cuidaba las motos. Durán montó la Harley-Davidson y fue hasta el edificio América en la calle Galiano. Entró al aparcamiento soterrado por Neptuno y se estacionó junto a un Lada Riva con la carrocería falta de pintura. El ascensor estaba roto; tomó las escaleras. El edificio era un portento de fachada *art déco*, pero sus corredores centrales y escaleras estaban deteriorados, sucios y faltos de luz eléctrica.

Tocó el timbre de un apartamento en el octavo piso.

—Abel —dijo Durán cuando un mulato muy delgado abrió la puerta.

—Rodríguez Pujol, para servirte —bromeó el hombre en camiseta y shorts. Tendría cuarenta años y era cirujano maxilofacial en el hospital Calixto García. Del interior del apartamento, la banda sonora de la cotidianeidad: TV encendida, niños jugando y una mujer hablando por teléfono—. Coño, Mayito, hacía tiempo que no te veía. ¿Cómo te va?

Se dieron la mano.

—¿Quieres pasar?

—No —dijo él—. He venido porque necesito un carro. ¿Me alquilas el tuyo?

El hombre se encogió de hombros.

—Qué más quisiera yo. Tengo el carro parado hace meses.

—¿Qué le pasa?

—La batería. Murió en cumplimiento del deber. Una lástima. Yo no lo usaba todos los días, porque no tengo dinero para tanta gasolina, pero por lo menos me servía para llevar a los chamitas a la playa los fines de semana…

—¿Ese es el único problema que tiene el Lada?

—Sí, pero da igual. Sin batería no te sirve.

—Yo me encargo de ponerle una batería —declaró Durán. Sacó tres billetes de cincuenta CUC—. ¿Te va bien que me lo alquiles a cincuenta por día?

—Me va de maravilla, 'mano. —Los ojos de Abel se abrieron con desmesura. Como cualquier trabajador corriente iba ahogado entre penurias y limitaciones. Aquel dinero era maná celestial—. ¿Por tres días, entonces?

—No. Solo dos. Los otros cincuenta son para que me guardes la moto en tu párking durante estos días. No quiero dejarla a la intemperie.

Abel asintió, guardó el dinero, fue a buscar las llaves del Lada y bajaron al aparcamiento. El médico se sorprendió al ver la flamante Duo-Glide junto al coche.

—Tremendo cohete, 'mano —comentó entusiasmado—. ¿Cuánto cuesta eso? Treinta mil cabillas por lo menos, ¿no?

Durán no lo escuchó. Había abierto el capó del Riva y estaba inspeccionando el estado del motor y los bornes de la batería muerta.

—¿Ese cohete no será fachado?

—Claro que no, compadre —contestó Durán—. La moto es mía.

—Pero con ese bicho no te hace falta un carro para moverte por ahí. —Se le notaba preocupado, temeroso de que aceptar los CUC terminara acarreándole algún tipo de problema—. No irás a ponerte a botear con el Lada, ¿verdad? Si te cogen sin licencia de boteo te meten una multa y a mí me quitan el carro.

—Tranquilo, Abelito. Necesito el Lada por una cuestión de comodidad. No es lo mismo un carro que una moto.

Le entregó las llaves de la Harley.

—¿Cómo vas a arrancar el carro sin batería?

—No te preocupes. Yo me las arreglo —le dijo Durán poco antes de que Abel se marchara de vuelta a su casa.

Lo que no le dijo es que ya tenía prevista esa eventua-

115

lidad. El aparcamiento era grande y había muchos coches allí. Ladas, la mayoría. Encontró un Niva 1600; lo abrió, le sacó la batería Tudor y la cambió por la del Riva. Un trabajo rápido. En diez minutos estaba subiendo por la rampa de salida y conduciendo por Neptuno hacia El Vedado.

Aparcó en las inmediaciones del hotel Presidente, por Calzada, del otro lado de la avenida. Desde allí podía observar la puerta del hotel y la rampa del párking sin llamar la atención. Después de las once y media de la noche el tráfico de la avenida de los Presidentes disminuyó considerablemente y la dinámica nocturna de la calle comenzó a travestirse.

Antes había pasado por una paladar para comprar una caja de cartón con pollo empanizado, malanga con mojo y un arroz congrí que ni de lejos olía tan bien como el que Dunieska había preparado en casa de Gilberto; famélico, devoró el contenido de la caja, acompañándolo con una lata fría de Bucanero Max mientras observaba a los turistas escoltados por chicas jóvenes que entraban al hotel por Calzada o salían del párking en sus coches de Rent-a-Car.

Durán podía subir al piano-bar y confrontar a Sandoval, pero su objetivo era averiguar algo más sobre la potestad al mando en el asunto que había acabado con la vida de su amigo Rubén. Necesitaba conocer la rutina de Sandoval, dónde vivía, cómo se relacionaba con el Hombre Invisible, y lo mejor para lograrlo era mantener la ventaja que tenía; que lo consideraban muerto y enterrado.

Pasadas las dos de la mañana su espera se vio recompensada.

—Ahí estás —murmuró al reconocer la furgoneta Dodge saliendo del párking del hotel y subir por la avenida de los Presidentes.

Seguirla no fue difícil, a esa hora, con la mayoría de los

semáforos en modo intermitente; mantuvo la distancia a dos manzanas y las luces largas apagadas. Un Lada viejo y falto de pintura es una de las cosas más anodinas que pueden verse en La Habana.

Sorpresa: que Sandoval hiciera uso de un vehículo del hotel para cometer el robo, aunque le hubiera cambiado la matrícula. Le llamaba la atención el riesgo corrido, al menos.

Dudas: ¿sería Sandoval el conductor de la furgoneta? ¿Estaría perdiendo el tiempo siguiendo a un completo desconocido? La Dodge era la misma, de eso estaba seguro, pero en la distancia no había podido ver quién iba al volante, y acercarse para comprobarlo sería arriesgarse demasiado.

Seguir en el trecho para ver adónde me lleva; mantener la distancia.

La furgoneta siguió por la avenida, bajó la cuesta más allá de Veintinueve, bordeó el promontorio del castillo del Príncipe y terminó el trayecto en el párking de la estación de Policía de Zapata y C. Durán encontró un espacio provisional entre coches montados en la acera de la rotonda del hospital Fajardo y bajó del Lada para cruzar a la acera de la estación. La pobre iluminación de la manzana lo hacía prácticamente invisible desde el párking.

La Dodge se movió dentro del párking entre los patrulleros Geelys y Ladas estacionados hasta detenerse junto al *jeep* rojo metálico que Durán había visto en la casa del Zurdo.

No quedaba margen de duda.

Sandoval salió de la furgoneta, la cerró y entró en la estación de la PNR.

Daba que pensar.

No se trataba de simple osadía. Este hombre trabajaba para la Policía. Por lo que Durán había concluido de su comportamiento, no era un poli sino un matón de la calle; así que en todo caso sería un informante, un chivato con agallas, un pez escurridizo que navegaba en dos aguas simultáneamente. Muy listo.

De ahí podía venir parte de sus recursos.

Esperó.

Al cabo de unos diez minutos Sandoval salió acompañado de cuatro reclutas en uniforme; se acercaron a la furgoneta. Sandoval les abrió la puerta trasera y entre los cuatro sacaron un bulto cúbico cubierto con una lona verde olivo y amarrado con cuerdas y lo transfirieron al Willys detrás de los asientos. No hubo intercambio de comentarios ni jovialidades entre ellos y Sandoval; los jóvenes cumplieron y se marcharon. Sandoval bajó la capota del *jeep* para cubrir el bulto y se puso al volante.

No hacía falta ser un genio para darse cuenta de que el bulto era la caja fuerte que habían robado de Corporación Servitec.

De nuevo en la carretera, pegado al Willys como una sombra remota.

Avenidas nocturnas, tráfico escaso, semáforos rotos, calzadas mal iluminadas, calles oscuras. Paseo, luego Rancho Boyeros hasta la rotonda de Ciudad Deportiva, a buscar Santa Catalina y seguir todo recto hasta Diez de Octubre, Acosta y bajar por Porvenir hasta encontrar una dirección en el barrio de Víbora Park. El modo de conducir de Sandoval era despreocupado, el de alguien inmerso en sus cavilaciones, ignorante de estar siendo seguido.

Lo esperaba un hombre, fumando de pie en la acera. En la distancia, Durán no podía distinguirlo bien, pues la iluminación provenía de los portales de las casas y la mayoría estaban apagados a esa hora, pero se trataba de un hombre blanco, fornido, más alto que Sandoval; llevaba con él un carrito de hierro con tanques de oxígeno y acetileno, evidentemente un equipo de soldadura autógena para forzar la caja fuerte. El tipo saludó a Sandoval, acomodó el equipamiento detrás y subió al lado del conductor.

De vuelta hacia el norte; media hora de meandros de asfalto, zonas verdes y barriadas en apagón. Durán se mantuvo trescientos metros por detrás, dudando si aquel sería un momento propicio para ajustar cuentas. Evaluó la posibilidad de arremeter contra el *jeep* por detrás, en ángulo, y sacarlo del camino, pero terminó desechando la idea; a diferencia de una autopista, las calles no podían garantizarle el anonimato y, en cualquier caso, aquel Lada de hojalata no era una buena garantía para resistir el choque.

Se detuvieron en Playa, por la avenida 17, no muy lejos del antiguo Buena Vista Social Club. Durán apagó las luces y aparcó en la siguiente calle.

Comparada con el resto del reparto, la manzana estaba despoblada; la única residencia era un caserón con techo de placa de cemento, emplazado entre un almacén de material editorial y un garaje clausurado con el jardín cubierto de malezas. El perímetro del caserón lo delimitaba un muro de metro y medio de altura pintado de blanco. Sandoval tocó el claxon un par de veces y de la casa salieron dos jóvenes negros. Uno tenía aspecto recio, andares de boxeador y llevaba un pañuelo atado a la cabeza al estilo pirata; el otro era delgado y parlanchín, nervioso como si estuviera empastillado con algún tipo de anfetamina. Ambos saludaron a Sandoval con abrazos, bromas y manifiesta afectividad familiar y, con la ventanilla del Lada bajada, Durán los oyó llamarlo «primo» un par de veces.

Sandoval habló algo con ellos que Durán no alcanzaba a entender. Trataban de ponerse de acuerdo; quizás quería meter el *jeep* hasta el portal del caserón, pero no había espacio en la entrada del muro. De pronto el flaco nervioso señaló hacia la calzada y todos miraron. Durán no podía precisar si el Lada, el único coche estacionado por allí, les había llamado la atención.

Sandoval echó a andar en su dirección.

Dentro del Riva, Durán se envaró ligeramente, abrió la guantera y sacó el Colt Python sin dejar de espiar el paso

119

de Sandoval. El tacto de las cachas de nogal en la palma de su mano derecha era reconfortante. No pretendía que sucediera así, pero si las cosas se precipitaban él estaba listo para afrontarlas.

Sandoval se detuvo al borde de la acera, a menos de cincuenta metros del Lada. Se agachó junto al contenedor de basura —un recipiente de plástico grisáceo donado por la Diputación de Cádiz— y recogió una plancha de metal abandonada. Regresó con ella al *jeep* y entre él y sus primos montaron el bulto de la caja fuerte sobre la plancha y la cargaron hasta el caserón seguidos por el tipo blanco que acarreaba su carrito con los tanques cilíndricos de gas comprimido.

Durán esperó un rato, sin soltar el revólver. Diez minutos. Veinte.

Quizás debía acercarse a la casa, echar un vistazo para ponerlo todo en perspectiva y acabar con el asunto de una vez por todas.

Sandoval salió. Iba pensativo, con expresión de contrariedad, como si hubiera tropezado con un escollo; se subió al Willys y encendió el motor.

Durán estaba en un dilema: seguir a Sandoval o entrar en la casa.

Tenía que decidirse. Y rápido. Sandoval se iba.

19

*L*o dejó ir.

Cuestión de prioridades. Ahora que sabía dónde encontrarlo, Sandoval había dejado de ser un objetivo inmediato. Durán tenía arrestos para enfrentarse con él, pero necesitaba palanca, capacidad de negociación, si aspiraba a captar la atención del Hombre Invisible y obligarlo a salir a campo abierto, a exponerse; esa palanca, la pieza de jaque, estaba en la casa, dentro de la caja fuerte.

Acercó el coche a veinte metros de la entrada y volvió a apagarlo. Espero más de una hora, para ver si ocurría algo. Nada. Aguzando el oído podía percibir un sonido musical provenir del interior, *beats* ahogados de un tema *hip hop*.

Durán salió del coche, se levantó la chaqueta y escondió el Python en la cintura del tejano, a la espalda, sintiendo el frío acero inoxidable presionado contra su piel. Siguió el perímetro marcado por el muro para aproximarse a la casa. No quería presentarse en plan demolición; ignoraba cuántos hombres podía haber allí y prefería mantener óptimo el factor sorpresa. Desde el costado distinguió a los dos primos de Sandoval en una sala. El de aspecto recio —Idde de Orula en la muñeca izquierda, pañuelo en la cabeza y gruesas cadenas de oro en el cuello—, sentado en un mullido sofá, miraba distraído algo en la

TV plana; se le notaba amodorrado por la hora y la bebida, pero se veía peligroso. El otro, de pie frente a la pantalla, hablaba sin parar, fumando y derrochando energía en gesticulaciones, explicándole algo a su aburrido pariente; se había quitado la camiseta y su cuerpo enjuto mostraba tatuajes en los antebrazos, pectorales y omóplatos. Chachareaba mientras movía los botones de un mando de videoconsola PlayStation. El del pañuelo en la cabeza le dijo «Ricky, déjate de hablar mierda y acaba de jugar» con cara de hastío y se dio un trago de ron a pico de botella.

Durán siguió moviéndose por detrás del muro hasta llegar al patio trasero de la casa. Las ventanas de los dormitorios tenían persianas mallorquinas de madera, la mayoría de ellas entornadas. Saltó el muro. La puerta trasera estaba cerrada, pero encontró acceso a un baño cuya ventana pivotante estaba abierta.

Subió por la pared y se escurrió dentro del baño.

Se asomó al pasillo interior. Desde la sala le llegaba el parloteo de Ricky y el sonido *surround* de coches rechinando neumáticos, disparos y explosiones en la TV superponiéndose al tema que sonaba en los altavoces del reproductor de música.

En el aire flotaba un tufillo a ajo; olor a corte con acetileno.

Al fondo de la casa se abrió la puerta de una habitación. Durán escuchó un sonido de pasos aproximándose al baño; pies descalzos, de mujer. Se colocó tras la puerta y empuñó el revólver.

La chica —una rubia teñida, de veintipocos, con busto superdotado y una fea cicatriz de apendicectomía— entró en el baño sin molestarse en encender la luz. Durán le descargó un golpe en el cráneo con la culata del Python y la mujer se desmadejó sin emitir quejido; él la sostuvo para evitar el ruido y luego la sentó en el inodoro, dejándola recostada contra la pared lateral en una posición extraña.

Estaba listo.

Amartilló el revólver y salió al pasillo.

Durán se movió, fluidamente, pasos ágiles y precisión de movimientos como en un entrenado ejercicio marcial; irrumpió en la sala, agarró con la mano libre un cojín del sofá, lo puso sobre el pecho del tipo recio con el pañuelo en la cabeza y apretó el Python contra la tela, a la altura del corazón.

Ni el recio ni Ricky tuvieron tiempo para ir más allá del sobresalto.

El estampido del disparo, amortiguado por el cojín.

El recio experimentó una sacudida, desencajó los ojos un instante y se quedó inmóvil en el sofá. Durán levantó el arma, encañonó la frente de Ricky y se llevó el dedo índice a los labios para indicarle silencio.

—Calmado, Ricky —dijo—. Piensa qué es más importante: ¿un primo más o menos o conservar la vida?

El flaco había enmudecido. Parado ahí, con el mando inalámbrico en la mano, se quedó mirándolo perplejo, como si le costara mucho esfuerzo integrarlo en su esquema de la realidad. Dudaba.

Durán volvió a amartillar el Python. Clic.

—Ricky. ¿Nos vamos a entender o no?

Ricky empezó a temblar. Si el tono de su piel no hubiera sido tan oscuro se le hubiera notado palidecer.

—Contrólate —le dijo Durán—. Necesito tu ayuda.

—¿Quién coño eres tú?

—Un fantasma —dijo Durán burlón—. Resuelvo mi problema y desaparezco. ¿Me vas a dar complicaciones?

Ricky negó con un gesto. Sus ojos saltones exteriorizaban la mezcla de miedo y perplejidad que sentía.

—¿Qué quieres? —El aliento le olía a marihuana.

—Ya te lo dije. Quiero que te calmes.

—Estoy calmado.

—Así me gusta. —Durán se había desplazado por la sala hasta alcanzar una posición que le permitía mantener

123

a Ricky y el pasillo de la casa en la misma línea de tiro—. ¿Cuánta gente hay aquí?

El flaco espiró resignado. Tal vez pensaba que Durán era un ladrón.

—Solo nosotros dos —señaló a su primo muerto—. Y mi abuelo, que está en su cuarto jamándose a una loquita.

—Creo que te estás olvidando del blancón que trajo Sandoval.

El semblante de Ricky cambió. Como si lo comprendiera todo de golpe.

—A ese no lo conozco. Está por allá atrás haciendo un trabajo para mi primo.

—Bien. Ahora vamos a hacer un *tour* por la casa, para verificar lo que me has dicho. —Le indicó con el cañón del revólver que se moviera—. No hace falta que te recuerde que si este gallo canta te vas directo al otro mundo, ¿verdad?

—No.

Hicieron el *tour:* habitaciones ocupadas con fardos y cajas de embalaje de ropa de uso para reventa, botellas de whisky sin abrir. Dormitorios. Una cocina que pedía a gritos remodelación y fumigación. Al fondo, en otro dormitorio, un viejo setentón dormía atravesado sobre la cama, desnudo, la cabeza colgando al borde del colchón. Al pie de la cama, un charco de vómito con olor a aguardiente y restos de comida. El viejo roncaba a merced de un profundo sueño etílico poscoital. Cuando despertara, iba a encontrarse más de una sorpresa desagradable.

Quedaba otra habitación. A través de la puerta se sentía el calor y el ruido que hacía el soplete de oxiacetileno al operar. Entraron.

El tufo aumentó. El crepitar del acero galvanizado bajo la llama de oxicorte. Chispas. Calor. Humos. La caja fuerte de Servitec estaba montada en una base de concreto. El operario tenía el mono de trabajo empapado de transpiración a pesar de las ventanas abiertas y del ventilador General Electric que impulsaba el humo y los gases residuales hacia afuera; llevaba guantes de cuero gris, gafas de protección y botas con suela aislante. Era un trabajo delicado, que dependía del tipo de boquilla escogida para el soplete y de la pericia del operario para combinar el ángulo, la velocidad de corte y el caudal de oxígeno puro imprescindibles para perforar el mecanismo de apertura de la caja sin dañar su contenido.

De hecho, la labor había progresado bastante; en el suelo, junto a la escoria de óxido expulsada, se distinguían trozos calcinados del mecanismo.

De pronto el operario fue consciente de la presencia de Durán y Ricky. Y un par de segundos más tarde muy consciente del arma en la mano de Durán. Cerró las válvulas del soplete y el penacho de la llama desapareció. Se levantó las gafas.

—¿Qué pasa? —preguntó alarmado.

—No pasa nada —dijo Durán con voz calmada sin dejar de apuntarle al flaco de los tatuajes—. Vengo a chequear el trabajo y hacer la colecta.

El hombre se enjugó el sudor que le corría por el cuello y miró a Ricky como exigiéndole una explicación.

—¿Y este quién es, chama?

—No le preguntes a él —dijo Durán—. Háblame a mí. Soy el nuevo jefe.

Ricky seguía mudo. El otro se encogió de hombros.

—¿Quién lo dice?

—Esto —respondió Durán indicando el revólver—. ¿Cómo te llamas?

—Camilo.

—¿Cuánto te falta para terminar ahí, Camilo?

El hombre demoró en responder. Parpadeaba mucho. Se notaba que tenía su mente ocupada en ver cómo podría sortear aquella situación.

—Quedará pa' una media hora más —dijo al fin—. Creí que me llevaría hasta mañana, pero se ve que me equivoqué. Tuve suerte con esta cacharra.

Eso explicaba por qué se había marchado Sandoval. No quería perder tiempo esperando todas esas horas.

Durán le señaló la caja fuerte.

—Pues entonces sigue, que vas bien, Camilo.

Camilo se recolocó las gafas y alzó el soplete; abrió la válvula del acetileno, dejó que purgara el oxígeno remanente por unos segundos y encendió el soplete con unas pinzas de ignición. Apareció una llama amarilla. Cuando el penacho obtuvo la longitud y color adecuados, el operario lo acercó a la caja fuerte para calentar el metal de la sección seleccionada; al rato inyectó el chorro de oxígeno presurizado y empezó a cortar.

Durán le dijo a Ricky que se sentara en el suelo, con las piernas cruzadas. Se separó de él un par de metros; quería mantenerlo a distancia, para poder descansar el peso del arma sin correr riesgos.

Esperaron. El chisporroteo del corte creaba sombras fugaces detrás de los objetos.

—Sandoval va a matarte cuando te encuentre —le dijo Ricky con rencor en la voz, sin volver el rostro—. Si le robas te matará.

—Ya eso me lo han dicho antes. No ha ocurrido.

—Te buscará y te volará la cabezota de blanco bruto esa que tienes.

—Ricky, cállate y ahorra saliva —le aconsejó Durán—; vas a necesitarla para después. Cuando esa caja se abra y veamos lo que hay dentro, tú y yo vamos a tener una pequeña conversación acerca de Sandoval.

—No pienso decirte ni cojones sobre mi primo.

—Seh. Seguro que tú y yo terminamos entendiéndonos. Todo depende de que encontremos un punto de mutuo interés. Ya lo verás.

—Hablas mucha mierda, blanco.

—Puede que sea una cuestión racial, no te lo discuto. Pero puede que no.

Ricky siguió liberando su furia de manera pasiva. Tenía tatuada en la espalda una representación de Changó, guerrero orisha, la imagen del Osha emergiendo de las flamas, dibujada en tinta apenas un poco más oscura que su piel sudorosa.

—Habría que ver qué pasaría si no tuvieras el timbre ese en la mano, a ver si serías tan guapo entonces. Te partiría la carota antes de que dijeras dos palabras.

—Relájate. Deja algo para después.

El calor empezó a hacerse incómodo. Y había que desviar la vista de la llama.

Sentado sobre unas cajas apiladas junto a la pared, con el Python apoyado en el regazo, Durán se mantuvo pendiente del nervioso Ricky pero sin perder de vista los movimientos del operario. Utilizado con destreza, un soplete puede convertirse en un arma letal.

La apertura de la caja demoró algo más de la media hora prevista, pero al final el hombre apagó el soplete y anunció:

—Ya casi está.

127

Agarró una mandarria y empezó a darle golpes a los bordes del orificio creado para ensancharlo. Luego metió la mano por el agujero y trasteó un poco.

Ricky estiró el cuello, tratando de ver. Durán, listo para adelantarse a todos, se le acercó y le asestó un culatazo en el temporal que le hizo perder el sentido. Ricky cayó de lado en el suelo polvoriento; sonó como un fardo lleno de huesos.

El operario detuvo su labor. Respiraba con esfuerzo. Se notaba que le costaba contenerse para no lanzarse contra él.

Durán lo miró.

—¿Has jugado ajedrez alguna vez, Camilo?

—¿Qué? —La voz le salió gutural.

—Ajedrez. ¿Sabes jugarlo?

El hombre hizo un gesto negativo con la cabeza.

—El secreto para ganar una partida depende en gran

parte de tu capacidad de anticiparte a los movimientos del oponente —dijo Durán—. Si eres un experto, un gran maestro, puedes visualizar varias jugadas con antelación y tomar decisiones en consecuencia. Algunos grandes maestros han declarado ser capaces de anticipar hasta quince jugadas. ¿Te imaginas?

Camilo no decía nada. Se mantenía a la expectativa.

—A mí me basta con ir siempre una jugada por delante. Siempre que sea yo el que esté un movimiento por delante tendré la partida asegurada. ¿Me entiendes lo que quiero decir con eso?

Camilo asintió.

—Bien. Deja lo que estás haciendo y amárrale las muñecas y los tobillos a Ricky con esos cables de ahí. —Le apuntó con el cañón del arma y añadió—: Hazlo bien y sin movimientos bruscos, para que no vayas a sufrir accidentes laborales.

El hombre obedeció. Él guardó la distancia, observó la operación y luego le indicó a Camilo que volviera a hacerse cargo de la apertura de la caja fuerte. Cinco minutos más de golpes de mandarria y el trabajo estuvo hecho. Separados por cinco metros de distancia, Durán y el operario contemplaron el contenido de la caja.

La verdad es que a Durán no lo sorprendía en lo más mínimo.

No había querido darlo por sentado, pero ahí estaba; era tan obvio.

Camilo aprovechó ese momento para atacar. Hizo ademán de lanzar la pesada mandarria, pero Durán levantó el Python y apretó el gatillo. El disparo le abrió un boquete en la garganta y la potencia del impacto lo arrojó hacia atrás; trozos de vértebras cervicales salieron despedidos por la nuca, salpicando la pared de médula sanguinolenta y líquido cefalorraquídeo.

El eco del estampido murió. En la distancia, un vecino insomne podría haber confundido el disparo con uno de los efectos sonoros de la videoconsola. Durán se quedó mirando el cadáver tendido junto a la caja fuerte forzada. Tenía que haber una lección implícita en todo aquello, se dijo.

Ricky volvió en sí al sentir el calor de la llama de acetileno muy cerca de su rostro. Estaba maniatado, sentado en una silla metálica. Sacudió la cabeza, tratando de alejarse del rugiente penacho naranja.

—¡Tú estás loco, blanco! ¡Me vas a quemar, cojones!

Durán apartó el soplete hacia un lado y dijo:

—Tenemos una conversación pendiente. ¿Te acuerdas?

Ricky vio el cuerpo abatido del operario y los temblores se apoderaron de sus piernas. Empezó a hiperventilar. La cabeza le dolía un infierno.

—Camilo está muerto porque no quiso seguir mis consejos —dijo Durán—. Dime: ¿vas a cooperar o crees que nadie escarmienta por cabeza ajena?

—¡No tengo nada que decirte!

—No te me descontroles. Vamos a hablar. Así yo puedo seguir mi camino.

—¡Muérete!

Durán chasqueó la lengua; movió la cabeza con desaprobación. Apretó la válvula del soplete y la llama creció.

El torso de Ricky, por encima de los pectorales, tenía una leyenda grabada: «BABÁ MI CHANGÓ IKAWO ILÉ MI FUNI».

Una oración de protección implorada a la deidad orisha, dios del trueno.

—¡¿Qué coño vas a hacer?! —ladró Ricky.

—Voy a borrarte esos tatuajes.

No fue necesario hacerlo. Ricky perdió todo su aplomo de golpe.

—Espera. Hablaré.

Y cumplió. Durán quería saber dónde vivía Sandoval, la dirección exacta, y él se lo dijo; le dio el nombre de la calle en San Leopoldo, el número de la vivienda, los detalles del barrio. Fue convincente, directo y exhaustivo en las descripciones. Durán tomó nota mental. Pero todavía quedaba una cuestión por aclarar.

—¿Para quién trabaja Sandoval?

—No sé qué quieres decir con eso. Mi primo mata jugadas aquí y allá; trabaja para mucha gente. Realiza encargos, negocios…

Durán señaló hacia la caja fuerte.

—¿Quién le encargó ese trabajo, Ricky? Concéntrate.

—Miki —respondió con un hilo de voz—. Fue Miki.

—¿Quién es Miki?

—No sé. Mi primo no da muchas explicaciones. Lo único que me dijo es que el tal Miki era el interesado en dar el palo y que lo está presionando para que abra la dichosa caja. Eso es todo lo que sé.

—Bien —dijo Durán.

Sacó el revólver de la cintura y le metió un tiro en plena frente. La cabeza de Ricky estalló como un melón.

Tres balas, tres muertos. Lo justo.

Sin rencores.

Se giró hacia la caja fuerte y volvió a contemplar el contenido.

Dinero. Dólares. Empaquetado en fajos. Mucho; iba a necesitar un par de bolsas grandes para llevárselo de allí. En los filmes de acción se veía más, pero, desde su humilde experiencia, le pareció una cantidad de dinero obscena.

20

*D*urán pasó los dos días siguientes sin apenas salir del coche.

Aparcaba tres veces al día en cualquier paladar de Centro Habana y compraba comida para llevar y cerveza, o café en tacitas plásticas de aeropuerto. Usaba un botellón de gaseosa vacío para orinar y baños públicos para urgencias mayores, y por las noches, cuando le daba sueño, buscaba un aparcamiento y dormía en el Lada.

El resto del tiempo se lo dedicó a Sandoval.

En ambas jornadas, durante el día y parte de la noche, se convirtió en un observador de su vida. Monitoreaba su casa y sus movimientos por la ciudad; lo seguía a distancia en el Lada Riva —era tan fácil seguir a otro coche por las calles de La Habana, con todo aquel tráfico indolente y tantos semáforos rotos— dondequiera que fuese. Lo siguió al hotel Presidente, gasolineras, bares y también a sus muchos destinos en barrios periféricos, que solían ser antros camuflados, casas de cita que visitaba con amigas complacientes y pequeños negocios de juego ilegal donde Sandoval cerraba tratos o realizaba los cobros.

Conducía precavidamente para no llamar la atención de Sandoval, pero sobre todo para evitar a la Policía; si lo paraban los agentes de Tráfico tenía los papeles de circulación del coche de Abel, pero no llevaba licencia ni carné de identidad, y bajo ninguna circunstancia habría podido justificar los dos sacos de yute llenos con gruesos fajos de billetes que guardaba en el maletero del Lada.

El segundo día Durán advirtió el frenesí de Sandoval; la exaltación alojada en su rostro, la tensión, la velocidad y los frenazos que le daba al Willys, la manera impetuosa, casi beligerante, de hablarles a cuantos trataban con él.

Ya te enteraste, pensó Durán; tu dinero ha volado y tienes dos primos menos. No saber de dónde vino el golpe tiene que estar comiéndote por dentro.

Sin embargo, nada le indicó que el otro se pusiera en contacto con Miki. Tal vez nunca se veían directamente. Quizás solo hablaban por teléfono.

En cualquier caso, el seguimiento no estaba dando resultado.

Con el coche aparcado en una esquina del tramo final de la calle Trocadero, casi tocando San Miguel, vigiló el edificio donde vivía Sandoval. Todo el barrio era una zona deprimida, pero estaba lo suficientemente cerca del casco histórico como para generar trasiego de bisneros, alquileres para jineteras de provincia, prostitución *queer* y otras trampas para turistas. Se familiarizó con los horarios de Sandoval, su mujer e hijos; observó el séquito de parientes, vecinos y aseres que hacían tratos con ellos y llegó a la conclusión de que colarse en la vivienda sería muy difícil. Demasiados satélites; demasiado entra-y-sale.

Por ahí tampoco iba a llegar muy lejos.

A las nueve de la mañana del tercer día Durán decidió cambiar de táctica.

Salió del Riva y subió a la azotea del edificio frente al apartamento que había estado vigilando. Alguien había montado un palomar allí arriba y las estructuras de las jaulas le servían para observar el apartamento de Sandoval desde una posición oculta. Era sábado; el hombre todavía estaba en la cama.

El viento del mar, el paisaje urbano y la miseria circundante le recordaron el Maleconazo de 1994. Había sido a principios de agosto, días antes de que su madre se fuera sin decir adiós. El hambre era la yesca y el sol castigador instigaba la chispa. Durán y su vecino Alexander, descalzos y sudorosos, estaban en una azotea similar a esta, aprovechando un golpe de brisa fortuito para elevar sus papalotes. El de Alexander era enorme y colorido, un octágono de adorno vistoso con esqueleto de carbono y revestimiento de nylon; el de Durán, más pequeño, una chiringa de papel cebolla con alma de coronel y declaración de intenciones: tibias cruzadas bajo una calavera en el dibujo de la vela y cuchillas oxidadas a lo largo de la cola. Si empezaba la batalla, los papaloteros rivales no la tendrían fácil con él.

De pronto escucharon la algarabía. Abajo, una muchedumbre avanzaba hacia el malecón, un mar de gente descamisada gritando enardecida «Abajo la dictadura», vidrieras rotas, la calle ardiendo de gritos y demandas de apertura. Contenedores de basura volcados en medio de la calle para formar barreras. Los coches de la Policía llegando por San Lázaro, sonido de sirenas, los camiones apostados, las Brigadas de Respuesta Rápida repartiendo golpes con tonfas y cabillas. Empezaron a volar las piedras, los ladrillos, los cascotes de las escombreras. Policías de uniforme y de civil disparando al aire, alaridos, enfrentamiento campal, sangre y el clamor del gentío asomado a los balcones y los ventanales…

Durán recordaba el clamor: «Libertad, libertad», y recordaba también, como si hubiera sido ayer, el amago, el giro inesperado de la revuelta que mutó en unos minutos hasta diluirse en la nada.

Esta es la isla de las pasiones efímeras, pensó ahora, veinte años después.

El calor te hace olvidar. Mudar de piel te permite sobrevivir.

Cambiar de piel.

Durán sacó el móvil Motorola que había pertenecido al

Zurdo, lo encendió y marcó el número de la Centralita, que es cómo le decían a la mujer que se encargaba de recibir las llamadas telefónicas de los vecinos que no tenían línea; cobraba por dar el recado. El número era uno de los muchos datos fidedignos que le había facilitado Ricky antes de pasar a mejor vida.

La Centralita tenía la voz ronca; se interrumpió por un ataque de tos bronquial con sonidos de flema. Durán esperó y le informó que tenía un recado para Sandoval.

—Sandoval tiene celular propio —dijo la mujer en tono huraño.

—Ya lo sé —mintió Durán—. Pero no me responde. Debe tenerlo apagado.

—Llámalo al celular de su mujer —sugirió ella.

—No me lo sé. Y tampoco quiero que su mujer me dé evasivas. Mi recado es urgente. Es importantísimo que lo reciba. ¿Te preocupa que no le puedas cobrar?

La mujer dudó un par de segundos antes de responder.

—Es posible —dijo. La escuchó lanzar un escupitajo—. Sandoval no paga por ese servicio.

—Te aseguro que este recado te lo pagará muy bien —la tranquilizó Durán—. Pero tienes que dárselo ahora mismo. A mí me corre prisa, y a él le conviene.

—¿Qué tengo que decirle? —cedió ella, tal vez intrigada por conocer la supuesta información. Detrás de una recadera hay una chivata en potencia.

Durán miró hacia el edificio de enfrente y vio a Sandoval durmiendo en la cama solo; le sorprendió que el hombre no llevara calzoncillos de camuflaje.

—Dile que dice Miki que vaya a verlo urgentemente.

—¿Y quién es Miki?, si se puede saber.

—Miki soy yo. Dile a Sandoval que venga a verme. Que no me llame por teléfono. Que lo espero en una hora.

—¿Solo le digo eso? —Parecía decepcionada.

—No. Dile que hemos localizado al tipo que estábamos buscando. Él sabrá de qué le hablo.

Demasiado críptico para ella; suficientemente explícito para él.

—¿Estás seguro de que me pagará? —preguntó la Centralita.

—Seguro. Pero tienes que apurarte.

—Está bien. Voy ahora mismo a decírselo.

—Gracias.

Colgó, bajó a la calle y se metió en el Lada. Media hora después Sandoval salió del edificio y se subió al *jeep* a toda prisa. Durán lo siguió. Aquel trayecto lo conduciría a Miki, de una manera u otra. De entrada, ya le dio una primera pista. Si Sandoval hubiera tomado la avenida del Puerto podía estar yendo al Presidente. Pero no; fue por San Lázaro hasta El Vedado, bordeó la Universidad, bajó Ronda a buscar Zapata y acabó en el aparcamiento de la estación de Policía de C.

Al cabo de diez minutos Sandoval salió de la PNR y se quedó plantado junto al Willys. Miraba alrededor y se le notaba muy molesto.

En el portal de entrada del hospital Fajardo, disimulado entre la gente, Durán sonrió y supo que no podría seguir usando el Lada de Abel.

Esperó a que Sandoval se marchara. Metió monedas en un teléfono público y llamó a la estación.

—Ordene —dijo una voz de cadete veinteañero. Voz cansada, de fin de turno.

—Hola —dijo Durán con tono autoritario—. ¿Quién me habla por ahí?

—Cabo López —respondió el recluta—. ¿Con quién desea hablar?

Ahora.

—Ponme con Miki.

—¿Quién es usted? —dijo la voz con cautela.

—Soy Villa Roel, del Ministerio —contestó Durán—. Dígale a Miki que el teniente coronel Villa Roel lo llama. Tengo apuro.

El hombre se ausentó un minuto. Regresó.

—¿Coronel?

—Dígame —dijo Durán con sequedad.

—El capitán Abreu no se encuentra en la Unidad ahora mismo.

Abreu. Capitán Miguel Abreu.

—¿Cuándo vuelve?

El cadete carraspeó nervioso.

—No lo sé, oficial. —Su voz de cansancio se había despejado—. Si usted me dice dónde puedo localizarlo, el capitán lo llamará en cuanto regrese.

—Volveré a llamar —mintió Durán—. Por la tarde.

—Muy bien.

Miguel Abreu. Un cabrón capitán de la PNR.

Fue a colgar. Se lo pensó mejor.

—¿Cabo? —preguntó.

—Diga usted.

—Dele a Miki un mensaje de mi parte.

—Por supuesto, oficial —dijo el recluta diligente—. Lo apunto.

—Dígale que se suspende el juego por lluvia.

—¿Cómo?

—Dígale eso. Que se acabó el juego. Y que viene la tormenta.

Colgó el auricular.

Miki. El tipo que ordenó la muerte de Rubén.

El Hombre Invisible dejó de existir. Miguel Abreu lo reemplazó.

21

A partir de ahora Sandoval estaría alerta; no encontrarse a Miki esperándolo en la estación habría hecho saltar sus alarmas. Alguien lo había engañado; el mismo que le había robado el contenido de la caja fuerte y que sabía dónde vivía y para quién trabajaba. Estaría pendiente de cualquier coche que le pareciera sospechoso.

Era hora de cambiar de vehículo. Pero primero debía cerrar ciertos asuntos.

Fue al Diezmero, en el extrarradio de la ciudad, donde vivía la familia de Rubén. La calle se llamaba avenida de los Artistas; el pavimento era un pedregal, con zanjas fangosas y huecos llenos de agua estancada, con mosquitos, basurales y malas hierbas creciendo por doquier. Aparcó cerca de la casa y esperó pacientemente a que la madre de Rubén saliera a sus quehaceres. Luego se presentó allí y habló con Tania, la hermana menor de su amigo. Le contó mentiras piadosas —en su opinión, no tenían por qué conocer la verdad—: Rubén había vendido la moto para comprarse la salida del país. Una lancha lo recogería de madrugada para llevarlo hasta Miami y, por su naturaleza ilegal, el asunto debía llevarse a cabo con el mayor secretismo posible. La chica empezó a llorar. Él le explicó que su hermano había dejado dinero para ella y su madre; «un salve», dijo y le entregó a la emocionada chica una bolsa de papel con treinta mil dólares en fajos de cincuenta y de cien; le aseguró que Rubén se pondría en contacto con ellas cuando fuera oportuno.

De regreso a Centro Habana encontró un espacio yermo en la calle Rayo y esperó el anochecer. Se guardó varios fajos de dólares en el bolsillo interior de la chaqueta Wrangler; los pesos y los CUC servían para pagar servicios rutinarios, pero los dólares eran sacrosantos en el mercado negro, insustituibles para abrir ciertas puertas y llevar a cabo transacciones de mayor complejidad.

A las diez y media, con la calle oscura y poco transitada, salió del Lada con los sacos llenos de dinero y entró al edificio de cuarterías. Caminó los pasillos, inmerso en el ruido de la colmena: conversaciones, diálogos de televisión, telenovela, cine, programación narcótica de telediarios; jadeos y palabras de gozo escuchados a través de ventanas abiertas, el desfogue lúbrico de las parejas convertido en un acto de pura extroversión, de promiscuidad vecinal involuntaria. Si alguien se hubiera fijado en él, un tipo joven cargado con un par de sacos de yute, no despertaría mucha curiosidad. Durán siguió de largo al pasar por delante de la puerta de su padre y tomó las escaleras que lo llevaban a la azotea.

Arriba no había nadie y la luz era escasa; volvía a ser una noche nublada. Ideal. Necesitaba todo el anonimato posible. Localizó el tanque de agua que solía abastecer las tuberías del cuartucho de su padre —un depósito de fibrocemento que Gilberto y él habían instalado siete años antes— y empujó la pesada tapa redonda que lo cubría. Estaba vacío; hacía años que no funcionaba, pues el material se había resquebrajado en la base y no retenía el agua. El interior olía a cucarachas y guano de murciélago y probablemente fuera un infeccioso foco de leptospirosis, pero serviría a su propósito.

Acomodó los sacos dentro y volvió a colocar la tapa en su sitio.

Bajó al cuartucho. Dunieska no estaba, pero la fragancia de su cabello flotaba en el aire solapando el hedor amoniacal que despedía la bolsa de su padre. El viejo dormía en su silla de ruedas frente al televisor, o eso parecía. Podría estar muerto y no lo notarías. Prestó atención y escuchó el sonido de su respiración. Aprovechó para darse un baño con un cubo de agua fría y picar algo de comida de la olla: ropavieja de ternera con ají pimiento, cebollas encurtidas y aceitunas. Gilberto no se despertó. Durán fue a la barbacoa, echó mano a la escopeta Winchester, la envolvió con un trozo de tela como si fuera un arpón de caza submarina y salió a la calle.

Abel no quiso aceptarle el dinero por el tercer día de alquiler del Lada; le planteó que la batería que Durán le había conseguido valía mucho más que eso. Él respondió que la batería era un regalo, que no se preocupara por ese detalle. Aprovechó para recuperar las llaves de la Harley-Davidson.

Le dio otros cien pesos convertibles. Por el aparcamiento de la moto.

—Pero ya eso me lo habías pagado, 'mano —le recordó el médico.

—Es por la semana próxima —le dijo Durán—. Todavía no pienso llevármela. Prefiero tenerla ahí abajo. En la calle hay muchos robos y si quiero que me la cuiden, tendré que pagar igual. Te viene bien, ¿verdad?

—Tú sabes que sí —asintió el médico, parado en el umbral de su apartamento de la octava planta—. La guardaré el tiempo que te haga falta. Por mí, como si la dejas ahí todo el año.

Durán le dio una palmada amistosa en el hombro.

—No cuentes con eso.

Bajó al párking del edificio América, solo. Necesitaba agenciarse otro coche y allí había para escoger: Lada, Fiat

Polski, VW Beetle, Moskovich, algún Toyota moderno y muchos cacharros *vintage* —Buick, Chevrolet, Ford, Dodge, Chrysler, Plymouth— de las décadas del cuarenta y cincuenta, la mayoría oxidados y fuera de circulación. En realidad, además de aparcamiento, aquel sitio tenía mucho de museo y cementerio automotor.

Forzarle la puerta a uno, puentearlo y salir de allí no le llevó ni cinco minutos.

Se había decidido por un Alfa Romeo 1750, un sedán de cuatro puertas importado de Milán a principios de los años setenta para renovar el parque de coches patrulleros. El dueño del Alfa no le había dado el debido mantenimiento —su carrocería color gris necesitaba un urgente trabajo de chapistería y pintura, le faltaba un limpiaparabrisas, tenía roto el cristal de una luz trasera y las ventanillas sucias de polvo—, pero el motor aceleraba como la seda y los frenos de disco iban de maravilla; no se podía pedir más.

Había llegado el momento de patear el avispero.

El Vedado. Hotel Presidente. Ascensor. Piano-bar.

Había pocos clientes esa noche; un grupo de turistas mexicanos sentados en mesas pequeñas, acompañados por chicas rubias que podrían ser menores de edad.

Sandoval estaba detrás de la barra, la mirada pendiente de un encuentro de Grandes Ligas televisado por ESPN Deportes. Vestía una camisa blanca abotonada hasta el cuello que ocultaba la cadena de plata y uniforme de pantalón y chaqueta color vino con el logo del hotel cosido en el costado superior izquierdo.

Se quedó de piedra al ver a Durán parado frente a él.

Durán vio su expresión transitar por varias fases: sorpresa, desconcierto, furor contenido. La comprensión lo golpeó como un rayo; un pequeño temblor fue visible debajo de su ojo derecho, un tic muscular, breve, intermitente. Durán le dijo:

—Debe ser terrible llevar un uniforme sin camuflaje.

Sandoval no dijo nada. La ira lo había enmudecido.

Durán tomó asiento en la barra.

—Ponme una cerveza —pidió—. Y no te preocupes. Pienso pagarla, aunque no me la tome.

Sandoval no se movió. Su mirada furibunda, los músculos tensos en el cuello, hablaban por sí mismos del esfuerzo que estaba haciendo por no saltar la barra y clavarle los dedos en la garganta. Durán había previsto esa contención, confiaba en ella. Había venido armado solo por si las cosas se salían de control.

—No te ofusques ahora —dijo Durán—. No es el momento. Esto, aunque no lo creas, pretende ser una conversación amistosa; al menos, desde mi punto de vista.

El rostro pétreo del hombre se relajó un poco. Tal vez pensaba que Durán era un peligro menor; quizá, en sus momentos de mayor incertidumbre, había barajado enemigos más numerosos y letales que un niñato universitario.

Sandoval le puso una Cristal de lata y un vaso limpio. Durán los ignoró.

—Son dos con cincuenta.

Él puso un billete de cinco dólares sobre la mesa de mármol jaspeado.

—Réstalo de la cantidad que había en la caja fuerte.

Sandoval apretó los labios. Se inclinó un poco hacia delante y dijo en voz baja:

—Chama, será mejor que devuelvas el dinero que robaste. Si lo tocas, no habrá lugar en el mundo donde puedas esconderte de nosotros.

—No exageres. Yo también tengo mis mañas para conseguir lo que quiero y permanecer vivo. A estas alturas ya deberías saberlo. Además, ¿quiénes son esos «nosotros» que mencionas? ¿Miki y tú? En serio, ¿debería preocuparme por un par de vejestorios?

Sandoval estaba recuperando la confianza.

—Te crees muy guapo, ¿no? —dijo con la sonrisa tor-

cida—. Crees que porque estuviste trancado en el tanque... ¿cuánto?, ¿año y medio?, ahora eres un tipo duro.
Un año y medio guardado, en mi mundo, es un menú.

—No se trata de eso —repuso Durán—. No puedo
cambiar lo que hice para caer allí ni lo que me sucedió allá
adentro. Pero puedo hacerte pagar por matar a una persona que valía, en lo que a mí respecta, mucho más que tú
y toda esa retahíla de parientes de los cuales cada vez te
quedan menos.

La alusión a sus primos muertos envaró a Sandoval.

—Creo que en algún momento se te cruzaron los cables, chama. Y te tostaste.

—¿Ahora eres sicólogo?

—No, pero soy el tipo que te puede romper el cara-
pacho.

—¿Te ves capaz? Ya lo intentaste una vez, y aquí sigo.

Sandoval se inclinó hacia delante un poco más y
ahuecó la voz.

—He matado sin pestañear a tipos mucho más duros
que tú, blanquito. En el tanque, y en la calle.

—A lo mejor nunca has estado guardado en el tanque.
A lo mejor la única vez que estuviste allí fue cuando fuiste
de visita a engañar a mi amigo para que te hiciera el trabajo y luego virarte con cartas y matarlo. —Durán apartó
la lata de cerveza y el vaso a un lado y añadió—: ¿Sabes lo
que creo yo? Que en el fondo, a pesar de toda esa pose
marcial y ese fetichismo tuyo por el camuflaje, estás tratando de compensar algo que no tienes. Creo que eres una
ratica de alcantarilla que haces tratos con los hombres y
no aspiras a cumplirlos.

Sandoval se irguió con soberbia. Su estatura y muscu-
latura le daban confianza.

—Ahora mismo podría seguirte hasta el ascensor y
romperte la crisma. O hacer que la Policía te detenga y te
lleven a Zapata y C.

—No me cuentes películas —se burló Durán—. Tú y

yo sabemos muy bien que mientras yo tenga ese dinero en mi poder nadie me tocará un pelo. Mucho menos te arriesgarás a que me detenga la Policía y yo empiece a hablar por los codos sobre el facho en Servitec y la participación del capitán Miguel Abreu.

El rostro de Sandoval volvió a transformarse en una máscara pétrea; no era lo mismo que Durán conociera la existencia de un tal Miki a que estuviera al tanto de que se trataba del capitán de Zapata y C.

—Si me detienen y yo abro la boca —agregó Durán—, lo primero que hará Miki será hacerte desaparecer. No correrá el menor riesgo. ¿Quieres apostar?

—No sabes nada de Miki —bufó Sandoval colérico.

—Sé lo suficiente —dijo Durán—. Sé que él te da las órdenes. Sé que él chifla y tú te tiras en el suelo bocarriba y mueves la colita. ¿No te comentó el mensaje que le hice llegar por teléfono esta mañana?

Sandoval no respondió. Probablemente estaba tocado y empezaba a escorar.

Era lo que pretendía Durán; que Sandoval escorara y empezara a cometer errores, que su coordinación con Miguel Abreu se debilitara.

—¿Ves? —señaló—. Miki no te lo cuenta todo. Seguro que, como buen intrigante que es, le gusta compartimentar la información. Eres el tipo que le hace los recados, nada más. Si hay peligro, te soltará como un lastre.

Sandoval seguía callado. Todo rastro de exultación, altanería o desdén se había esfumado. El resto era una cosa fría, impulsiva, mortífera.

—¿Te digo lo que pienso?

El hombre asintió.

—Creo que estamos ladrando demasiado —dijo Durán.

—Me adivinaste el pensamiento.

—Es un buen punto de partida. Así que ¿por qué no negociamos primero, y luego, si las cosas siguen sin cuajar entre nosotros, lo arreglamos de otra manera?

143

—Me parece bien. ¿Qué es lo que quieres?

—Quiero a Miki —dijo Durán—. Me das a Miki y a cambio te entrego todo el dinero y me olvido de nuestras diferencias. Tú me mataste a un amigo del alma, yo te liquidé dos primos. Podríamos declararlo un empate, ¿no te parece?

—Puede ser —contestó Sandoval—. ¿Y dices que me darás todo el varo?

—Todo no. Me quedo con treinta kilos.

—¿Qué? Es dinero, no droga.

Durán suspiró resignado.

—Treinta mil dólares —le aclaró—. Mi parte y la de mi amigo muerto. Fue el pago acordado. El resto lo podemos canjear por tu capitán. ¿Me sigues?

—Te sigo —dijo el otro—. ¿Contaste el dinero?

—¿Yo? —Durán chasqueó la lengua—. No.

—¿Y eso por qué?

—Supongo que la cantidad no me interesa. No es importante. Pero si tanto te pica la curiosidad puedo adelantarte que hay un montón de guano.

—Un montón de guano.

—Sí. Mucho dinero.

Sandoval se recostó a la nevera de la barra. Sonrió con ferocidad.

—Y tú solo quieres quedarte con los treinta mil acordados, ¿eh?

—Exacto.

—¿Cuál es el truco?

—Ninguno. No hay truco.

—No te entiendo.

—Debe ser porque no compartimos los mismos parámetros de interés.

—Tú estás jodido, blanco. Tienes mucha mierda en la cabeza.

Durán se puso en pie para marcharse.

—¿Tenemos un acuerdo?

El hombre se acarició la barbilla.

—¿Por qué estás tan interesado en Miki?

—¿Qué, te vas a convertir ahora en abogado defensor del capitán?

—No. Quiero entender por qué estás dispuesto a cambiar tanto dinero por un tipo al que nunca has visto.

—Abreu es el tipo que daba las órdenes, el que lo planificó todo de antemano. Si tú y yo hemos llegado a una situación tan incómoda como esta, es por culpa suya. Necesito saldar deudas con él. Te diría que más que venganza es una cuestión de retribución, pero me temo que tú no lo entenderías.

—Como dijiste, Miki es un capitán de la PNR —dijo Sandoval—. Lo que tú quieres no es una cosa fácil de hacer.

Durán lo señaló con un dedo índice.

—Tú eres un tipo con recursos, con ideas. Pensarás en algo. Porque… sigues interesado en ese montón de dinero, ¿verdad?

—Claro. Pero no es fácil. Tendrás que darme una semana para cuadrar algo.

—No, la época en que tú dabas órdenes y me imponías tus condiciones ya pasó —dijo Durán—. Te doy veinticuatro horas para resolverlo. Si mañana no podemos hacer el canje, olvídate del acuerdo. Y no intentes hacerte el cabrón conmigo, como la vez anterior. Si no cumples, desaparezco con el dinero. Tengo más que suficiente para conseguir una lancha que me saque del país.

—Está bien —dijo Sandoval—. Hablaremos mañana. ¿Cómo te localizo?

—No te preocupes. Yo te llamaré.

145

22

*E*n la guantera del Alfa Romeo se escuchó un sonido de vibración seguido por la melodía polifónica del Motorola. Durán conducía por la avenida de los Presidentes. Frenó en el semáforo de Línea, en el carril de la izquierda, y echó un vistazo al teléfono del Zurdo: número oculto. Predecible; Sandoval, llamando a su compinche para orquestar una jugada contra él. Estaba claro que Sandoval ignoraba que el cadáver del Zurdo colgaba de una viga en su elegante villa de Nuevo Vedado.

No contestó el teléfono.

Un Geely CK chino, de la Policía, se detuvo a su lado en el cruce de Línea.

Hicieron un corto sonido con la sirena para llamar su atención.

Durán mantuvo la compostura. Miró hacia ellos. El poli junto al conductor, un mulato con bigote tupido, le hizo señas con la mano para que bajara la ventanilla. Durán lo hizo, sin soltar el pedal de freno, listo para embragar y acelerar si le pedían que se estacionara; la bestia bajo el capó del Alfa Romeo tenía caballos de fuerza para darle guerra al Geely en caso de persecución. Eso podría complicarle mucho las cosas pero, con un coche robado y sin licencia de conducir ni carné de identidad, estaba frito. No iba a dejar que sucediera.

—Dígame.

El policía le señaló el coche.

—Ese Alfa, ¿es tuyo?

En tres segundos podía darle gas al motor y salir disparado. El resto dependía de la pericia del conductor del Geely, y del azar.

—Es de mi viejo —respondió Durán engarfiando el volante para disimular los nervios.

—¿No lo vende?

Durán dejó escapar el aliento. Sonrió.

—No, qué va —dijo—. Este carro es la joyita de mi papá. Me vendería a mí antes de deshacerse de él.

—Qué lástima —dijo el policía—. Le puedo dar un buen billete por él.

Durán se encogió de hombros.

—Tienes una luz trasera rota —intervino el conductor del Geely.

—Sí —dijo él—. Estamos tratando de solucionarlo.

—Ya, pero así no puedes estar circulando por la noche. Vuelve pa' tu casa y arréglala mañana.

El coche policial se puso en marcha y dobló por Línea a la derecha. Durán los miró alejarse y continuó avenida arriba.

No podía seguir andando por ahí sin un carné de identidad, para empezar.

Tenía que solucionarlo.

No fue muy lejos. Buscaba un estacionamiento de coches donde pasar la noche. Lo encontró; enorme, subterráneo, perteneciente a uno de los rascacielos de propiedad horizontal edificados durante los años cincuenta; tecnología del futuro construida en el pasado. Metió el Alfa Romeo en un espacio libre entre vehículos y apagó el motor.

Todavía conservaba la planilla que le había dado Julito, el reeducador del Combinado, con su dirección postal y el número de teléfono móvil escrito al dorso. Lo marcó. La voz de Julito respondió y él se identificó. Por el tono de voz inicial, el reeducador parecía sorprendido.

—Mario Durán, caray —dijo—, ya estabas empezando a ponerme nervioso.

—¿Y eso por qué?

—Te advertí que si no me dabas señales de vida en tres días te iba a poner en búsqueda y captura, ¿o no me expliqué bien? El jefe de sector de Centro Habana no sabe nada de ti todavía. ¿Tienes ganas de volver pa' el penal?

—No, por eso llamo —dijo Durán—. Tuve una semana complicadísima; mi padre padece una enfermedad renal grave y está en silla de ruedas. Me ha tenido ocupado todo el tiempo. Mire, también estoy llamándolo para informarme que me han hecho varias propuestas de trabajo. Necesito un carné de identidad para poder formalizar mi situación laboral.

Del otro lado de la línea se escuchó la risa carente de gracia de Julito.

—Entonces, ¿por fin ya te ubicaste?

—Sí, claro. Estoy, como le dije, en casa de mi padre.

—Dame la dirección.

Se la dio. Daba igual. Lo importante era que el oficial aprobara su carné.

—Muy bien —dijo Julito complacido—. Me gusta tenerte controlado. Y dime una cosa, Mario, ¿cómo es que ya te buscaste un celular? Los celulares valen un dineral. Espero que no sea un teléfono robado.

A Durán le dieron deseos de colgar y olvidarse de todo.

—Es de un amigo —respondió—. Me lo ha prestado un momento.

—¿Tiene nombre ese amigo tuyo? —Julito se estaba poniendo insoportable.

—Tiene un mote, como todos en el barrio. El nombre no me lo sé.

—Está bien, muchacho —cejó el reeducador—. Vete

mañana a ver al jefe de sector para que te haga el carné. Yo lo llamaré para darle el visto bueno.

—Gracias por la gestión.

—Gracias por mi paciencia —le corrigió Julito—. Ya estaba a punto de tirarte los perros atrás. Bueno, ya sabes, no te metas en problemas y sobre todo mantente en contacto.

Colgó. Durán metió el teléfono en la guantera.

Mañana a primera hora iría a tramitar el documento de identificación.

Estremecimiento premonitorio, señal de alerta subconsciente.

Un salto en el estómago, como si se precipitara al vacío, lo despertó de golpe.

Se incorporó sudoroso en el asiento de vinilo amarillo y echó un vistazo al estacionamiento. Distinguió a cuatro hombres, todos de raza negra, moviéndose por las zonas de sombra de manera sigilosa. Iban armados.

No eran moradores del edificio. No eran ladrones.

Venían por él. Lo estaban buscando.

Uno de los hombres era Sandoval; llevaba la Beretta Storm en la mano. Pero ¿cómo lo había localizado?

No tenía tiempo para pensar en eso ahora. Ya lo haría después.

Si sobrevivía.

Con cautela, se inclinó y sacó la escopeta Winchester de debajo del asiento; no necesitaba verificarla para saber que tenía un cartucho a punto en la recámara y otros cinco en el depósito tubular bajo el cañón. La dejó lista en su regazo y empuñó el Colt Python que guardaba en la guantera. Amartilló el percutor.

Estaba listo.

La iluminación del estacionamiento era deficiente; tenía fluorescentes de fría luz blanca en algunas zonas y otras se hallaban en completa oscuridad. La zona del Alfa Romeo estaba en penumbras. Como el sitio era tan grande, se habían dispersado para hacer la búsqueda más rápida y eficiente. Sandoval y dos de sus acompañantes estaban a más de cuarenta metros del coche, tratando de adivinar en qué vehículo estaría Durán, pero el cuarto hombre estaba mucho más cerca; iba revisando la hilera de coches donde estaba el Alfa con una linterna negra en la mano derecha para iluminar el interior de los coches, y en la izquierda tenía un Smith & Wesson niquelado que brillaba cuando atrapaba la luz de los fluorescentes.

El tipo se paró junto al Alfa y frunció el ceño al mirarlo, como si no le encajara en aquel lugar, como si fuera un intruso entre coches modernos. Enfocó el cono de luz sobre el vidrio de la ventanilla.

El Python tronó; la ventanilla de cristal templado se fragmentó y media cabeza del intruso desapareció por el impacto del calibre .357 Magnum.

Durán dejó el revólver sobre el salpicadero, agarró la Winchester y dio una patada en la puerta del coche para salir más rápido. Los otros tres todavía estaban tratando de enterarse de qué diablos había sucedido cuando Durán empezó a soltarles cañonazos; los dos primeros para Sandoval, antes de que su Storm pudiera entrar en acción. La distancia excesiva hizo que la dispersión de las postas le errara por muy poco, destrozando paredes y cristales parabrisas en torno a él. Sandoval corrió escudándose entre las columnas de hormigón y gritándoles a los otros que tiraran adelante y se separaran.

Durán cambió el ángulo de tiro y volvió a abrirle doble fuego sin alcanzarlo. Vio la pretendida estrategia y se anticipó al cerco. Se movió de perfil, con rapidez y precisión, arriesgándose al fuego frontal, aprovechando el ángulo de los disparos y la dispersión de la munición, y abatió al dúo con sendas descargas. Uno de ellos ya estaba muerto cuando cayó al suelo con el pecho destrozado y el otro empezó a desangrarse por las heridas en el cuello y parte del rostro. ¿Cuánto tiempo había pasado desde el primer disparo? ¿Cuarenta y cinco segundos?

Sandoval no se arredró; aprovechó la breve pausa de Durán para cambiar su posición a otra columna y los disparos que hizo en movimiento rebotaron contra tuberías y paredes. Durán no perdió tiempo en recargar la escopeta; la dejó caer, retrocedió hasta el coche, agarró el Python otra vez y localizó al enemigo; la columna que lo protegía estaba a treinta metros de distancia.

Levantó el revólver muy despacio.

Sandoval se asomó y empezó a dispararle. Cincos estampidos. Durán escuchó los impactos de bala al incrustarse en la carrocería del Alfa Romeo detrás de él, sintió el silbido agudo de uno de los proyectiles al pasarle junto al oído y disparó a su vez.

Un fogonazo en la oscuridad; la detonación produjo ecos y el balazo levantó esquirlas de hormigón en la esquina de la columna un instante después de que Sandoval ocultara el rostro. El polvo de esquirlas tenía que haberle caído encima.

—Esa estuvo cerca —dijo Durán en voz alta—. ¿Quieres intentarlo otra vez?

Sandoval permaneció oculto. Durán siguió apuntando. Para algunos tiradores era un arma un poco pesada con un retroceso brutal; pero, en su opinión, un caño de cuatro pulgadas aportaba una precisión que muy pocos sabían valorar.

Tendido a unos pocos metros del parapeto de Sandoval, el hombre herido en el cuello emitió un extraño ruido laríngeo; se estaba ahogando en su propia sangre.

—Espero que esos tres jenízaros no sean primos tuyos —dijo Durán—. A este ritmo pronto te vas a quedar sin familia.

Cualquier cosa que Sandoval pensara al respecto se la guardó para sí. Estaba esperando su oportunidad de sorprender a Durán. La luz del fluorescente que tenía cerca proyectaba su sombra hacia un costado. Durán no perdía la sombra de vista; así sabría con antelación cuándo Sandoval se movería. Siguió azuzándolo.

—Te dije que no te hicieras el cabrón conmigo otra vez —dijo— y volviste a intentar joderme. ¿Eres consciente de tu incapacidad para mantener un acuerdo?

—Deja de hablar mierda y ven a buscarme —ladró Sandoval sin asomarse.

—El tiempo pasa. Los vecinos deben estar llamando a la Policía. Ninguno de los dos queremos estar aquí cuando lleguen las patrullas. No lo dilates. ¿Por qué no sales y acabamos esto de una vez?

La sombra se mantuvo quieta. Se preguntó si Sandoval estaría herido. ¿Le habría dado alguna esquirla en un ojo?

—Está bien —dijo él—. Tú lo has querido. Te cazaré en otro momento.

—Ven ahora —sugirió Sandoval—. Inténtalo. 153

—No. Creo que no. —Durán sabía que Sandoval tenía coraje; que acabaría por salir. Solo necesitaba dar con el estímulo adecuado—. Será mejor que vaya a ajustarte cuentas a tu propia casa. Recuerda que sé dónde vives, con qué mujeres te acuestas y a qué escuela van tus hijos. Lo prefieres así, ¿verdad?

La sombra se movió.

Durán apretó el gatillo.

El balazo le pegó a Sandoval en el hombro derecho y lo lanzó hacia atrás con violencia. La Beretta Storm cayó al pavimento. Sandoval hizo un esfuerzo supremo y se puso en pie; su brazo herido pendía como una cosa muerta, inanimada. La sangre le teñía la camiseta de rojo escarlata. Durán vio el miedo en su rostro antes de que el hombre volviera a ocultarse detrás de la columna.

—Con esa herida ya estamos a mano —le anunció—. El próximo tiro va por mi amigo Rubén.

Sandoval echó a correr en línea recta y se escurrió entre los coches aparcados. Durán empezó a dispararle, pero era difícil acertarle con todos aquellos vehículos y columnas de por medio. Agotó el resto del tambor mientras Sandoval, con el brazo colgando, subía a toda prisa por la rampa de entrada y salía a la calle.

Durán se quedó plantado allí durante un momento, quieto, el olor a pólvora impregnando su nariz. Después reaccionó.

Recogió la escopeta, volvió al Alfa agujereado y arrancó velozmente para ver si lograba darle alcance a Sandoval. Emergió directamente a la avenida, a la vía que llevaba hacia el oeste. Ni rastro del *jeep* de Sandoval. Mientras aceleraba se dio cuenta de algo que le había estado eludiendo durante un buen rato.

¿Cómo habían dado con él? ¿Cómo le habían rastreado?

Desaceleró un poco, bloqueó las llantas traseras con el freno de emergencia y dio un volantazo brusco a la izquierda; con chirrido de ruedas, el Alfa Romeo hizo un giro de ciento ochenta grados en medio de la avenida con poco tráfico y terminó en la vía de sentido contrario.

Durán lanzó el teléfono móvil por la ventanilla abierta y pisó el acelerador a tope, ganando velocidad en dirección a la casa de su padre.

154

23

Subió los escalones de dos en dos, a toda prisa, con la Winchester envuelta en una mano y la llave en la otra. El edificio estaba en relativo silencio, teniendo en cuenta la hora de la madrugada; escuchó conversaciones de telenovela mexicana en algún televisor de las plantas superiores y sonido de resuellos y pujidos sexuales tras la puerta contigua al cuarto de su padre.

Durán metió la llave en la cerradura y abrió con cautela.

Oscuridad. El cuartucho olía mal; a miedo y adrenalina, al perturbador aroma metálico de la sangre, a desesperación enclaustrada. Tocó el interruptor de la luz junto a la puerta, pero la oscuridad persistió; habían sacado la bombilla del techo. No escuchó ronquidos.

—¿Viejo? —llamó sin entrar, tenso.

Silencio. No había nadie.

Abrió la puerta del todo para que la escasa luz de una bombilla lejana diera sobre el suelo del habitáculo. No vio a nadie. Tampoco había mucho espacio donde ocultarse. Distinguió algo derramado en el suelo, al pie de la silla de ruedas vacía, un líquido de aspecto viscoso que podía ser sangre, pero el escaso resplandor que aportaba el exterior no le permitía estar seguro. El sofá de mimbre estaba cubierto por sábanas revueltas, como si Dunia hubiera interrumpido su sueño para levantarse a toda prisa. Tal vez ella y Gilberto estaban muertos.

Parado en el umbral pensó en lo que aquello significaba.

Sicarios. Uno o dos. Enviados previamente por Sandoval, antes del tiroteo del estacionamiento, para cubrir la eventualidad de que él apareciera por allí. Ahora podían estar escondidos en el baño improvisado, al acecho; o arriba, en la barbacoa, esperándolo junto a los cadáveres de Dunia y el viejo.

Respiró profundo. Aceptó el momento.

Entró y entornó la puerta para que sus ojos se adaptaran gradualmente a la oscuridad. Luego cerró del todo y lanzó el Python descargado sobre el sofá. Desde el baño, quienquiera que estuviera a la espera no tenía ángulo para observar lo que sucedía en el resto del habitáculo; solo podía escuchar y hacer conjeturas. El ruido del revólver al caer sobre el sofá podía dar la impresión de que alguien se sentaba.

Durán se colocó detrás de la pared del baño. Aferrándolo por el cañón y la chimaza, alzó el Winchester como si fuera un garrote o un bate de béisbol y esperó.

El único ruido provenía del tabique separador: crujidos de cama, de cabecera metálica topando contra la pared al ritmo de una cópula, el rechinar de muelles, bufidos de hombre y jadeos de mujer convirtiéndose en gemidos que escalaban con frenesí hacia el momento de clímax, sonidos que contribuirían a confundir el oído de la persona oculta en el baño.

Durán, atento a un sonido muy diferente —el de la cortina de hule rozando la ropa de una persona—, escuchó salir al hombre del baño y tensó el cuerpo.

La mujer al otro lado del tabique empezó dar chillidos de placer orgásmico que solapaban las palabrotas de su pareja, cuando Durán hizo un *swing* rápido y estampó la culata de madera maciza en la cara del sicario. El gruñido del tipo al recibir el golpe se mezcló con el grito del hombre del otro cuarto culminando su desahogo, mientras Durán caía a horcajadas sobre el intruso y le oprimía con fuerza el tubo del cañón en la garganta hasta hundirle la nuez de Adán y partirle la tráquea.

Le cubrió la boca para silenciar sus estertores finales.

Arriba, ni un sonido. Quizá solo habían enviado un sicario.

Esperó a recuperar el ritmo respiratorio. Después fue al pasillo, desenroscó una bombilla de la escalera que llevaba a la siguiente planta, regresó y la colocó en el *socket* del techo del cuartucho. Primero examinó al muerto: un joven negro con el cabello rapado, la nariz rota, los antebrazos fibrosos y una navaja mariposa junto a la mano; estaba claro que el primer golpe de Durán lo había aturdido bastante, de lo contrario habría intentado apuñalarlo. Después comprobó que la mancha junto a la silla de ruedas era realmente sangre; mezclada con orina, además.

157

Recargó el revólver y subió a la barbacoa con el arma por delante. Arriba no había nadie; ni vivos, ni cadáveres. ¿Qué había pasado allí entonces?

Debía deshacerse del tipo muerto.

Lo agarró por debajo de las axilas y, con la herida del costado protestando por el esfuerzo, lo fue subiendo poco a poco por la escalera hasta la barbacoa. Abrió la ventana que su padre odiaba que tocaran y se asomó. Sí, se dijo; servirá. Colocó el cuerpo del sicario en la ventana, lo alzó por las piernas y lo dejó deslizarse al vacío; cayó diez metros hacia un traspatio abandonado, aterrizó sobre un techo acanalado de fibrocemento y quedó oculto por las pobladas ramas de un almendro que crecía allí. Podrían pasar meses hasta que alguien lo descubriera. O años.

Cuatro y media de la madrugada.

Había abandonado el Alfa Romeo en el fondo del espacio yermo de la calle Rayo. Agujereado por las balas y con una ventanilla rota ya no le servía.

Tenía que recuperar la Duo-Glide en el aparcamiento del América.

Subió la escopeta. Solo quedaban tres cartuchos para recargarla; lo hizo y volvió a envolverla en tela. Tenía calor y olía a pólvora. Buscó la alforja de la moto para guardar el revólver. Se quitó la chaqueta tejana y descolgó la camiseta negra con el logo Harley-Davidson que había lavado.

Estaba a punto de ponérsela cuando escuchó que abrían la puerta.

Sacó el Python de la alforja y se quedó quieto, a la espera.

¿Refuerzos enviados por Sandoval?

No.

Sollozos entrecortados. Dunia. La escuchó llorar.

Se asomó y preguntó:

—¿Qué pasa?

Ella se sobresaltó, como ocurrió la primera vez que se dio de bruces con él.

—Tu padre —dijo Dunia mirándolo con auténtica tristeza.

Durán bajó. Se plantó frente a ella mirándola fijamente.

—¿Qué pasa con Gilberto? ¿Le hicieron algo?

—¿Qué? —dijo ella extrañada, sin entender lo que decía—. No, no. Anoche le dio un ataque. Yo ya estaba durmiendo y, de repente, empezó a vomitar. Me levanté y lo limpié todo, pero tu padre siguió sintiéndose mal, quejándose de mareos y mucho dolor de cabeza. Me fui a casa de un vecino y llamé a urgencias y cuando regresé me lo encontré tirado en el piso desmayado, con el catéter suelto y un reguero de sangre al lado; había perdido el color y tenía el pulso muy lento. Se estaba muriendo. No sabía qué más hacer. Me aterré y estuve llorando hasta que llegó la gente de la ambulancia y nos llevaron juntos al Calixto García y…

Se interrumpió y rompió a llorar, de manera silenciosa, solemne, sin emitir un quejido. Se abrazó a él, a su torso desnudo; Durán se quedó muy quieto, sin saber cómo reaccionar, escuchando el corazón acelerado de Dunia latir contra su pecho.

—¿Está muerto?

—No. No ha muerto.

Él sonrió; sin alegría, imbuido de cierto orgullo malsano.

—Es un cabrón duro de pelar, ¿no?

Dunia se separó. Se secó las lágrimas y apretó los labios.

—¿Va a salir de esta el viejo? —inquirió Durán.

Ella negó con la cabeza.

—Tuvo una complicación neurológica, por culpa de la dichosa diálisis y de los medicamentos que toma, me explicó el médico que lo atendió. Me habló de no sé qué síndrome o encefalopatía asociada a su enfermedad crónica.

—Pero él…

—Está en coma —declaró ella—. Dicen que el daño neurológico fue muy drástico. Se va a morir.

—Serénate, Dunia. ¿Dónde lo tienen?

—En el Calixto, en Cuidados Intensivos. Pero se muere —insistió—. Me lo han recalcado. Creen que de mañana o pasado no pasará. No va a sobrevivir.

Durán se quedó callado. Gilberto se moría. Más muerte, pensó; ha sido una semana plagada de muerte. Y habrá más, pronto. De eso estaba seguro.

—Tenemos que irnos —le dijo de repente a la chica.

Dunieska lo miró, lo escrutó con aquellos ojos etíopes tan brillantes.

—¿Irnos?

—Sí —repitió Durán—. Tenemos que irnos. No puedes quedarte aquí.

—¿Crees que quiero quedarme con tu cuarto? —dijo ella con dureza.

—No te ofendas. No lo digo por eso.

—Te dije que yo no me aferro a nada, Mayito. Solo quiero…

—Espera —la detuvo él—. Estoy diciendo que no podemos estar en este sitio. Aquí corremos peligro. Si nos quedamos, viviremos menos que Gilberto.

Dunia sacudió la cabeza. No entendía de qué le estaba hablando.

Durán le explicó sin abundar en detalles. Le dijo que tenía que ver con su herida, con un amigo muerto y con muchas otras cosas de las que ya hablarían más adelante; le advirtió que ciertas personas iban tras él. Gente dispuesta a asesinar.

—Pero van buscándote a ti —acotó ella—. A mí no me conocen.

—Saben dónde vivo —dijo Durán—. Han estado aquí esta misma noche.

160

Ella se llevó una mano a los labios. Todo aquello le parecía irreal. Durán le dijo que acababa de deshacerse de un intruso y le mostró la sangre del sicario junto al baño. Los tipos lo buscaban a él, pero volverían a venir y, si la encontraban allí, darían por sentado que ella sabía dónde se escondía Durán. Lo más probable es que se la llevaran a algún sitio para hacerle hablar y luego, cuando vieran que no podían sacarle nada, la liquidaran.

Dunia se puso a la defensiva.

—No serán capaces de sacarme de aquí. Gritaré y avisaré a los vecinos.

—Puede que vengan vestidos de policías —comentó él con pesar—. O puede que te esperen por la calle y te detengan. Encontrarán la forma de cogerte, créeme. Hay mucho en juego. No quiero que te conviertas en una víctima involuntaria.

—Ya sabía yo que por algo estabas tan furioso.

—No estoy furioso.

Y no lo estaba. Solo quería que todo aquello terminara

de una vez. Y sabía que nada acabaría hasta que tres personas muy concretas dejaran de respirar.

—¿Qué debo hacer? —preguntó ella indecisa—. ¿Me voy para Oriente?

—No. Mejor vienes conmigo. Primero vamos a ir a buscar mi moto; después me tiras un cabo para bajar un par de sacos premiados que tengo escondidos en la azotea del edificio. Y luego, si te parece bien, puedes servirme de guía.

—¿De guía? El habanero eres tú.

—Llévame a Paraíso.

—¿Qué dices?

—A Paraíso. El llega-y-pon donde estuviste viviendo al llegar a La Habana.

Dunia lo miró incrédula.

—Paraíso ya no existe —dijo—. Fue desalojado. Allí no queda nadie. Ya te dije que ese sitio es ahora un poblado fantasma.

—Perfecto —asintió Durán—. Un poblado fantasma es lo que necesito.

TERCERA PARTE

Asuntos pendientes

«Chivo que rompe tambor, con su pellejo paga.»

PROVERBIO CUBANO DE ORIGEN ÑÁÑIGO

24

*L*o primero que hicieron con los nuevos reclusos trasladados de Valle Grande al Combinado del Este fue cortarles el cabello casi al ras y despiojarlos. Luego les tomaron las huellas digitales y los distribuyeron por los edificios según sus condenas y grados de reincidencia. A Durán lo destinaron al edificio Dos, para primarios, en la segunda planta. Le dieron el uniforme del penal pero no le suministraron ni ropa interior ni avituallamiento. Tendría que seguir arreglándoselas con el calzoncillo que llevaba desde el día de su detención: usarlo durante el día, lavarlo cada noche durante el horario de duchas y dormir con el pantalón del uniforme. Al menos le respetaron el calzado, unas zapatillas Nike azul oscuro con sujeciones de velcro que, como le indicó con malicia uno de los guardias, probablemente le acarrearían más problemas que confort.

La galera estaba a tope de reclusos, muy por encima de los parámetros originales pensados para la instalación. Entre el hacinamiento, las carencias y las costumbres del comportamiento carcelario, hostilidad y violencia componían el lenguaje habitual para dirimir los problemas. La mayoría de los primarios eran jineteros, traficantes, ladrones violentos y asaltantes, y el rigor de los guardias —palizas, abusos verbales, castigos en celdas tapiadas— tendía a la sobrecompensación.

Le tocó compartir una celda diseñada solo para cuatro con otros siete reclusos. Había dos literas triples, suficientes para seis personas, pero cuatro de ellos dormían en el suelo porque algunas camas carecían de bastidor donde acostarse; algunos no tenían ni frazadas para taparse. Como ya no había espacio en el suelo para dormir, la primera noche Durán improvisó una suerte de hamaca con la camisa del uniforme amarrándola entre los tubos laterales de una litera y se acomodó lo mejor que pudo. Al fondo de la celda, hediendo de manera permanente, había un pequeño escusado de cemento. Entre sus compañeros de celda había dos gallitos de pelea, pero los otros cinco eran cuarentones que no querían problemas y sabían imponerse. Iván Gamboa, el líder de la celda, le dijo a Durán la primera mañana:

—¿Eres maricón?

Durán le respondió que no.

—De acuerdo —dijo Gamboa—. Aquí no queremos líos, y las putas siempre traen líos. De todos modos, por si acaso, voy a advertirte algunas cosas, para que no cometas errores: no le aceptes nada a nadie. Ni azúcar, ni agua, ni ropa, ni cigarros, ni pastillas; nada. Si aceptas algo, querrán cobrarte el favor, y normalmente será cogerte el culo, ¿me entiendes?

Durán asintió en silencio. Parecía una advertencia excelente.

—Nunca te sientes en la cama de nadie, aunque te inviten —prosiguió el hombre—. No andes por el pasillo de la galera sin pantalones, y tampoco te acuestes a dormir en calzoncillos. Todo eso es interpretado como un ofrecimiento sexual y, por ende, un signo de debilidad. Ya te imaginas lo que les pasa a los débiles aquí.

No necesitó más explicaciones.

Tenía esperanza de encontrarse allí con Rubén, pero su amigo no estaba. Nadie sabía de él; tal vez lo tenían en otra planta, en otra ala del E-2, o lo habían dejado en Valle Grande para cumplir su condena. Pronto descubrió que aunque la administración del penal no suplía de bienes básicos y la comida era una suerte de rancho monótono a menudo intragable, había un gran trasiego de ropa usada, latas de comida importada, café envasado, pastillas, toallas. La mayoría del contrabando fluía desde los pabellones de presos extranjeros, en connivencia con los guardias y a través de los pasilleros de las galeras. Los cigarrillos eran la moneda estándar en general. Necesitaba dinero; como nadie venía a visitarlo, Durán se aplicó para un plan de rehabilitación y así poder trabajar en la planta de confección de bloques de hormigón. Le respondieron que lo avisarían cuando hubiera una vacante.

A los diez días de ingresar en el penal, en un descuido mientras se bañaba, alguien entró a la celda y se llevó sus calzoncillos. Tuvo que andar en plan comando por un tiempo. No podía confiar en nadie.

Un mes después le llegó desde fuera un paquete sin remitente con varios cartones de cigarrillos Hollywood; cada caja de Hollywood equivalía a cinco de las otras marcas nacionales. No necesitaba remitente para saber que venían de parte de Rubén; lo más probable es que le hubiera pedido a su madre que enviara ese paquete a Durán. Con los cigarrillos pudo conseguir una lona para dormir en la litera, algo de comida envasada y varias mudas de calzoncillos. Pero no quería arriesgarse a tener todo su tabaco en un mismo lugar. Los bajaban al patio a coger sol una vez a la semana, durante una hora, y allí encontró la manera de ocultar la mayor parte de los cigarrillos.

Los problemas empezaron cuando le robaron las Nike. Las buscó en la galera, entre los setenta reclusos, pero nadie las llevaba puestas. Ir descalzo no era una opción, pero el calzado era muy caro, así que tuvo que gastar cigarrillos para adquirir un par de chancletas de baño para andar. Reconoció sus zapatillas Nike azules un par de semanas más tarde, en el horario de patio; las tenía un jabao alto del ala sur. Fue a reclamarlas, el tipo se le enfrentó con guapería y Durán cometió su primer gran error de novato: zanjar las cosas en público y demoler a su oponente.

Se ganó una semana de castigo en las celdas tapiadas del sótano, una causa extra en su expediente disciplinario y que lo transfirieran a una planta de primarios con más peligrosidad. Y no recuperó las Nike.

La nueva galera estaba menos hacinada y todas las camas tenían bastidor; sus compañeros de celda solo eran tres, pero los encontró más hoscos y brutales. El que dormía debajo de él en la litera, un negro imponente, le advirtió amenazador:

—Ten cuidado dónde pones el pie para subirte. Si me encuentro una marca en mi cama, amaneces muerto.

El resto era pura rutina, y andarse con los ojos bien abiertos. Los negocios de la galera: apuestas, protección, alcohol y drogas —las pastillas venían de la enfermería y la piedra se introducía durante las visitas, previo soborno del encargado de la requisa—. También se conseguían punzones de acero y navajas artesanales hechas con cerámica de inodoros. Abundaban las ejecuciones y las heridas de advertencia entre los reclusos, por ajustes de cuentas y riñas pendientes, pero muy raramente ocurrían en el patio, a la vista de todos; para eso estaban los pasillos, las duchas y el comedor habilitado donde el personal de varias galeras veía la televisión.

Durán no podía comprar protección, pero sí consiguió algunos favores y cierto compadreo gracias a sus cigarrillos. Lo justo para sobrevivir.

Aunque sobrevivir no lo ayudó a evitar a Sampedro; o a Alacrán.

Sampedro era el recluso que ejercía como jefe de galera; un mulato corpulento con estampa de matón de barrio marginal que dormía en una celda aparte con otros jefes y tenía fama de ensañarse con los nuevos.

Desde el comienzo tuvo a Durán metido entre ceja y ceja; le encomendaba las tareas de limpieza más duras, le acusaba de ser lento y haragán y le daba empujones sin razón aparente. Hasta el día en que llevó su violencia demasiado lejos.

Alacrán era un peligro muy diferente, de una magnitud letal. Estaba de paso en la galera, trasladado de manera provisional desde el edificio Uno por algún turbio asunto de delaciones entre asesinos y maleantes de gran calibre. Algunos decían que estaba protegido por los mandamases, pero puede que se tratara de un rumor. Era un tipo enorme, de cabeza rapada y músculos hipertrofiados a base de esteroides y ejercicios con pesas, que exhibía un escorpión tatuado en burda tinta azul verdosa en su robusto cuello de toro. Iba de lobo solitario, sin amigos ni cúmbilas, pero todos lo temían y se apartaban de él. La sodomía era su método predilecto de conseguir respeto por sumisión. Prefería los traseros más jóvenes y, fiel a esa lógica, Durán se convirtió en un codiciado objetivo.

169

Aquella tarde, al regresar del patio, las baldosas de granito estaban mojadas producto de las goteras y las filtraciones de aguas albañales del piso superior; varios reclusos, entre ellos Durán, resbalaron al entrar a la galera y cayeron al suelo.

—Partía de maricones, singaos, ¡de pie! —les gritó Sampedro colérico. Se fue directamente a Durán y le soltó una patada en la espalda.

Durán se enderezó por reflejo y le echó una mirada de furia al jefe de la galera; el gesto de rebeldía le costó un puñetazo en la boca que lo devolvió al suelo mojado de líquido pestilente. Sampedro, inconforme, agarró un cable de acero doblado varias veces y le fustigó la espalda repetidamente. Los golpes le rasgaron la camisa del uniforme y la sangre le rodó por los flancos. Varios guardias se asomaron, pero no hicieron nada. Durán vio el peligro y aguantó el castigo sin soltar una queja.

Pero no olvidó.

Alacrán sorprendía a sus víctimas cuando estaban bañándose, aprovechando a su favor la circunstancia de la desnudez. Por lo regular esperaba a que los compañeros de celda no estuvieran allí. A veces, si había algún reo despistado en la celda del escogido, bastaba una señal suya para que se fuera; otras, los reclusos lo veían entrar, adivinaban sus intenciones y se largaban dejándolo a solas con el tipo acorralado. Algunos, les gustara o no, se dejaban violar por él sin oponer resistencia, y los que intentaban luchar eran reducidos por el poderoso abrazo de Alacrán y sofocados hasta que el sodomita culminaba su acto.

Durán estaba ya enjabonado cuando advirtió la mole de Alacrán detrás de él. Fue rápido; lanzó una patada a la rodilla izquierda del tipo, pero la corta distancia y la falta de ángulo propicio hicieron que el golpe perdiera efecto. Alacrán emitió un gruñido de contrariedad, se tambaleó un segundo y lanzó un derechazo que rozó la mejilla de Durán. Se notaba que a este iba a tener que ablandarlo a golpes. Durán se dobló para esquivar otro puñetazo que dio en el cemento rugoso de la pared y trató de escurrirse de aquella trampa. Alacrán lo abrazó, pero el jabón mojado sobre la piel de Durán le dificultaba el agarre. Durán comenzó a soltarle codazos, dirigidos a la sien y los ojos. El calvo resistió los golpes bufando y terminó aferrándolo contra el suelo de la celda; la lucha lo excitaba. Trató de sofocarlo con una llave de estrangulación, pero Durán metió un puño resbaladizo y bloqueó su cuello con el antebrazo.

—Estate quieta, mamita —masculló Alacrán lascivo—, estate quietecita…, no te resistas más…, será peor para ti…

Durán seguía bloqueando la llave de estrangulación,

pero su fuerza era inferior a la de Alacrán y no tenía manera de zafarse. Estaba atrapado. El calvo le sacudió los costados y los riñones con los puños hasta que le hizo perder el aliento y aflojar el bloqueo. Le atenazó el cuello. La vista empezó a nublársele.

—¡¡¿Qué cojones está pasando aquí, recluso?!! —tronó una voz.

Durán escuchó un golpe sordo. Un gruñido de dolor. La tenaza se aflojó y el peso que tenía encima cedió hasta desaparecer. Tuvo una vaga sensación de que lo ayudaban a ponerse en pie. La visión se le despejó. Estaba rodeado de guardias.

Cartaya, el jefe de la segunda planta del edificio, le mostró una sonrisa.

—Eres un peleador, muchacho —dijo—. Me gustan los peleadores.

La frase le recordó algo que su padre le había dicho una vez, pero con un tono diferente. Las intenciones del sargento eran otras.

—Tuviste tremenda suerte de que yo pasara por aquí.

Durán asintió; se sentía inundado por una repentina paz de bordes grisáceos.

—Todo el mundo necesita que le tiren un cabo.

Él no dijo nada. Todavía no había recuperado el aliento para hablar.

Los otros guardias se fueron, y el sargento le confesó:

—Ese cabrón se va a jamar un mes en la tapiada, pa' que aprenda que aquí no puede hacerse nada sin contar conmigo. Que tenga palanca en el Uno no significa que pueda venir al Dos a bailar el mambo, ¿verdad?

Durán no entendía por qué le estaba diciendo aquello.

—Tienes suerte —repitió Cartaya—, con el tiempo que ese lleva guardado y sin mujer, y con el desenfreno que tiene rompiendo culos por acá y por allá, debe estar cogío con algo: sífilis, gonorrea, herpes, el sida o quizás todo eso junto. No iba a permitirle a ese bugarrón que te

171

jodiera la vida. Como te comenté, todos necesitamos un amigo, un protector.

Esperó sin replicar.

—A ver si me explico mejor —dijo Cartaya—. Un favor se paga con otro. Acabo de salvarte el culo, literalmente. Espero que cuando yo necesite de ti, me devuelvas el favor. Sea lo que sea. Estoy seguro de que me entiendes.

Y se marchó sonriendo.

Él se quedó en silencio, desnudo, amoratado y aún medio enjabonado, tratando de catar la sugerencia sexual del jefe de planta. Había cambiado a un depredador por otro. Algunos habrían agradecido su suerte y pasado página. Durán no sabía hacerlo.

25

*P*araíso era un nombre pretencioso —o quizás otro ejemplo del típico choteo criollo— para un llega-y-pon; una aldea de infraviviendas formada por una zanja de desagües rodeada de bohíos, bajareques hechos con cañas entretejidas, ranchos vara en tierra de tablas de palma y techos de guano clavados al suelo y pequeñas chozas de paredes de zinc oxidado. La aldea carecía de luz eléctrica, redes de desagüe o cualquier tipo de infraestructura hidráulica. Durán no los había visto nunca, pero aquellos asentamientos ilegales representaban la realidad habitacional de decenas de miles de inmigrantes de provincia.

La mayor parte del llega-y-pon había crecido sobre el esqueleto de hormigón de una planta industrial de los tiempos soviéticos, abandonada a medio construir, ahora cubierta por la maleza y el marabú. Para llegar hasta allí había que ir por el tramo de la Carretera Central que unía Punta Brava con la cabecera municipal de Bauta y luego tomar un terraplén que se apartaba de la autopista para adentrarse en el llano hacia el norte casi un kilómetro. Por la cantidad de chozas derrumbadas, se notaba que después del desalojo las autoridades locales habían enviado una excavadora con pinza de demolición para desmantelar la mayoría de las construcciones.

—Aquí quisieron hacer limpieza —observó Durán—.

Pero, por suerte para nosotros, todo lo hacen a medias.

—Siempre es igual —dijo Dunia—. La Policía bota a los habitantes y luego vienen a tumbarlo todo; pero cuando pasan los meses la gente vuelve a aparecer, se envalentona y comienza a levantar bajareques otra vez con los trozos que quedan y con materiales desechados que van encontrando por ahí.

Se habían detenido al final del terraplén; Durán estaba sentado sobre la Harley-Davidson, dándole gas al motor sin soltar el freno, con los sacos de yute amarrados a los costados de la moto; y ella de pie, descalza sobre la hierba, contemplando los restos de Paraíso, con el sol de la mañana pegándole de frente, remarcando su soberbia figura de mulata aindiada.

A él le llamó la atención un muro levantado al otro lado de la zanja del sumidero, en los límites del poblado. Enormes cabillas sobresalían como garras horizontales del bloque de mampostería grisácea.

—¿Qué es aquello?

Ella sonrió con cierta tristeza y dijo:

—Eso era El balcón del Caribe, como le decían mis paisas. La mayoría de los bajareques más grandes y sólidos estaban construidos apoyados a esa pared, para aprovechar los hierros como soporte del entablado y así hacer un segundo piso más arriba, como si fueran cuartos con vistas al campo.

—¿Y qué hay al otro lado de la pared?

—Hoyos de cemento, fosos, cosas que ya estaban ahí de antes.

—¿Fosos? Vamos a verlos.

La chica volvió a subirse al asiento trasero de la moto y bordearon la aldea desalojada. Hacia el norte, las descuidadas parcelas agrícolas se extendían hasta el horizonte.

Herrumbre, vestigios de la planta abandonada; un basural de madera podrida, bolsas de plástico agujereado y aglomeraciones de guano de palma real.

Durán detuvo la Harley junto a una especie de cámara estanca de hormigón que se hundía en la tierra a cuatro metros de profundidad. Parecía un depósito de agua, o los inacabados cimientos de un tanque de uso industrial.

—A eso me refería con lo de foso —le comentó Dunia—. Cuando llovía y cogía un metro de agua los niños del llega-y-pon se metían ahí como si fuera una piscina.

Ahora estaba vacío, completamente seco.

Era perfecto para sus planes.

Y sus planes comprendían dejar pasar un par de días sin moverse de la aldea. Con el paso del tiempo, la tensión entre sus enemigos aumentaría; la incertidumbre no deja pensar con claridad. Durán aprovecharía para contarle todo a la chica, desde el principio: la cárcel, el golpe, la traición y el asesinato de Rubén; si Dunia iba a compartir riesgos con él, merecía saberlo. Dos días después, con la moto y el dinero a buen recaudo, saldrían caminando hasta Punta Brava para robar un coche y volver a la ciudad.

Necesitaba hablar con Miki directamente. Darle un ultimátum.

Y ahora sabía quién iba a proporcionarle ese contacto.

26

$\mathcal{D}$urán pensaba que casi todos los problemas pueden solucionarse con tiempo y planificación. En el Combinado tenía tiempo de sobra. Todo se reducía a hacer planes, prepararse, contemplar las variantes, calcular los riesgos con suficiente antelación… y esperar, esperar el momento oportuno.

Sus cigarrillos y canjes jugaron un papel importante; le compraron actos de antemano, le aseguraron lealtades puntuales y le propiciaron un escenario concreto.

Estalló una falsa pelea entre dos reclusos, que luego involucró a un tercero muy cerca de Sampedro, de un modo tan expansivo que obligó al jefe de galera a intervenir con el cable doblado. Sampedro, superado por la beligerancia del trío, terminó enredado en el suelo. Acudieron otros reclusos, tratando de apartar a los cuatro hombres.

Oportunidad, tempo y precisión.

Durán salió del rincón que ocupaba en completo silencio, casi invisible en medio de la gresca, con un punzón de acero oculto en la mano, la palma aferrando el mango de madera forrado en esparadrapo color carne. Parecía otro recluso cualquiera intentando echar una mano para desapartar. Había mucha confusión de brazos, piernas y torsos, pero él tenía controlado su objetivo. Ubicó la espalda de Sampedro, que estaba atorado en el forcejeo y los agarrones, y le dio tres rápidas puñaladas en el costado izquierdo, a la altura del riñón, dejándole el estilete clavado al tercer golpe. El grito de dolor del mulato se perdió entre el bullicio y Durán se retiró a su celda. Probablemente nadie le vio hacerlo, pero eso daba igual; cuando llegaron los guardias, había muchos reclusos manchados con la sangre de Sampedro.

Alacrán estaba de regreso de las celdas tapiadas. Quizás había recibido algún tipo de advertencia por parte del sargento Cartaya para que se mantuviera alejado de Durán, o tal vez estuviera dejando pasar un tiempo prudencial para encargarse de él, pero lo cierto es que Durán no tenía pensado permitirle el libre albedrío. Aquel era un riesgo que no estaba dispuesto a correr.

Esperó durante semanas, vigilando las rutinas de Alacrán, que a su vez había vuelto a los asaltos sexuales y se exhibía arrogante por la galera. Algunas veces, en el comedor, sus miradas se cruzaron; la de Durán parecía opaca, sin mensaje; la del sodomita decía claramente: «Tarde o temprano nos veremos».

El momento llegó y Durán estaba listo. Alacrán había entrado en una de las celdas al final de la galera. Dos reos salieron rápidamente del cubículo, sin hacer ruido, indicio de que Alacrán había logrado acorralar al novato de la celda. Durán se acercó con disimulo a la puerta de barrotes y escuchó los resoplos y gruñidos del calvo, y quizás el sonido de unos sollozos entrecortados. Hizo una señal a su chivato para que fuera a avisar a los guardias sobre una violación en curso y se coló dentro.

Tempo y precisión.

Al fondo de la celda el novato yacía indefenso sobre el suelo, con la mitad del cuerpo aún sobre la base rectangular del escusado, mientras la mole de Alacrán lo embestía por detrás. El sodomita no se percató de la entrada de Durán. La soberbia era su punto débil. Durán hundió la mano velozmente entre las piernas de Alacrán hasta alcanzar la base del pene y atrapó el escroto en un agarre perfecto. El calvo dio un respingo, pero ya era tarde. Durán apretó el saco escrotal entre ambas manos y sintió cómo los testículos se machacaban bajo la enorme presión de sus dedos: *crac*. Y siguió apretando.

Alacrán emitió un quejido ahogado y se desmadejó, derrengado sobre el cuerpo pálido y delgado del tembloroso novato. Durán, con el tiempo justo, se largó de allí antes de que llegaran los guardias. A Alacrán le esperaban un par de meses en El Matadero —el hospital de la prisión—, para recuperarse de una cirugía tras amputarle los testículos necróticos, y luego otra temporada en las tapiadas de castigo, pero sus días de sexo habían terminado para siempre.

27

*J*ulio Ernesto Rodríguez —apodado Julito el Pecador—, teniente del Ministerio del Interior y oficial reeducador del penal Combinado del Este, salió una noche que anunciaba lluvia de un prostíbulo de «matadoras» de diez pesos en el reparto Cotorro, medio ebrio y sobradamente satisfecho por el placer obtenido a cambio de tan poco dinero.

Fue dando tumbos hasta la calzada principal del barrio, una arteria burda llena de socavones en el asfalto donde el resto de las calles iban a parar como afluentes pedregosos, y se arrimó a la pared de un caserón centenario para aliviar la vejiga.

No fue consciente del Moskovich Aleko que lo seguía a media manzana y que se le acercó mientras él se abría la portañuela tratando de mantener el equilibrio. Y claro, tampoco escuchó —o no le importó— que alguien bajaba del coche y se le acercaba por detrás.

De pronto sintió un dolor repentino en la nuca, acompañado de una vibración como si lo hubieran golpeado con una campana de bronce, y la oscuridad lo abrazó.

Despertó horas después, sentado y atado a una silla metálica oxidada en su mayor parte, en medio de una choza de madera con techo de pencas. La cabeza le dolía horrores. Al principio creyó que estaba soñando. Enfocó la vista y descubrió que había otras dos personas allí, paradas, contemplándole a la luz de un farol quinqué de queroseno, de aquellos que recibieron los brigadistas de la campaña de alfabetización.

—¿Qué tal va esa cabeza? —preguntó Durán—. ¿Sale a flote?

Julito dio un respingo al verlo y su rostro mofletudo enrojeció.

—¡Mario! —protestó el pinareño—, pero ¿qué coño te pasa, muchacho? ¿Te volviste loco?

Durán acercó el quinqué; dentro del vidrio, la llamita ondulaba prisionera.

—Necesitamos hablar.

—¿Sobre qué? —gruñó Julito.

—Hace un tiempo, cuando esta situación estaba a la inversa y te dedicabas tan olímpicamente a darme sermones, me dijiste que si alguna vez tenía problemas viniera a verte, ¿lo recuerdas?

Julito se quedó en silencio, a la espera.

—Pues bien —añadió Durán—, me alegra poder contar contigo.

—¿Qué quieres de mí?

—Aclaraciones y confesiones. Pero sobre todo necesito ponerme en contacto con el capitán Abreu.

—¿Abreu?

—Sí. Miguel Abreu. Tu socio Miki.

—No sé de qué me hablas. ¿Quién es Miki?

—Por eso me preocupaba tu cabeza. Espero que el golpe no te haya afectado la memoria, porque tenemos una larga conversación por delante.

—Esta no es la manera correcta de conversar, Mario —dijo Julito tratando de hablar calmadamente—. Como te prometí, si estás en problemas puedo ayudarte a salir de ellos. Pero así, amarrado como me tienes, estás cometiendo un delito que agrava tu situación de libertad condicional. Tienes que soltarme.

—Me encanta el esfuerzo que haces para que tu sicología de bodega suene como algo sólido, con criterio académico o algo así —dijo Durán—. Tengo la impresión de que alguna vez te ilusionaste pensando que podías estudiar Derecho y convertirte en fiscal, o quizás en interrogador de la contrainteligencia. Debe haber sido tremendo chasco que no lograras ni aprobar el Pre, ¿verdad?

—Estás cometiendo un error muy grande, muchacho. No sabes en qué estás metiéndote con todo esto. Si no me sueltas, va a ser peor para ti.

—Me engañaste —dijo Durán—, eso tengo que reconocerlo. Me dormiste con tu muela bizca de oficial controlador receloso, y la estrategia de mostrarte suspicaz por mi salida prematura, y todas aquellas amenazas sobre estar vigilándome para devolverme al tanque si yo me metía en problemas. Sí, la verdad es que yo estaba demasiado concentrado en otras cosas, tan pendiente de sobrevivir en la jaula de los leones que no me di cuenta de que estabas jugando conmigo desde el principio, y ese error casi me cuesta la vida hace un par de noches.

—Esta no es la manera de resolver las cosas. Hazme caso.

—Sabías perfectamente quién era el mayimbe que arregló mi condicional —continuó Durán— porque estabas metido hasta el cuello en el asunto del robo.

—Sigo sin entender de qué estás hablando.

—Y sabías lo que iba a pasar con nosotros después. Tú nos escogiste. Y por tu elección, ahora Rubén está muerto.

—Tienes mucha imaginación, Mario.

—No sigas negándolo —dijo él señalándolo con un dedo acusador—. Me di cuenta de tu implicación cuando Sandoval me localizó después de haberte llamado por teléfono. Gracias a ti pudieron triangular mi móvil y averiguar dónde estaba. Además, te dije la dirección de mi padre y enseguida enviaron a un sicario a esperarme allí.

—No sé qué carajo te traes con toda esta payasada.

—Nada. Intento ser cordial. Hacerte un poco más fácil el preámbulo, antes de empezar a apretarte las clavijas.

Julito prefirió permanecer en silencio, mordiéndose los labios.

Durán se volvió hacia la chica, que los observaba desde las sombras en el umbral de la choza.

—¿Ves, Dunia? Otro que cuando calla otorga.

El hombre levantó la barbilla hacia ella y dijo:

—¿Y esa quién es?, ¿la novia que te dejó mientras estabas guardado dándole el culito a los hombres de la galera?

—¿Ella? No. Ella es tu ángel guardián; al menos por esta noche. Ella es la que va a evitar que el Durán resentido predomine sobre el Durán pragmático y te estrangule sin más.

La expresión de Julito se endureció. El reflejo de la llama danzó en sus ojos.

—Si crees que me van a asustar tus amenazas, estás jodido, habanerito.

Durán le dijo a Dunia que, si quería, era el momento de salir de allí.

—No necesitas presenciar esto.

Dunia sacudió la cabeza con energía y miró al hombre. Durán creyó advertir desprecio en su mirada, como si estuviera proyectando en él todo el odio que sentía hacia los policías que habían desalojado a su familia.

—No te preocupes —dijo—. He visto a muchos hijoeputas en mi vida ir jodiendo a los demás, amparados por el uniforme y los grados. Van de duros cuando tienen la ley de su lado, pero se rajan enseguida bajo presión. Quiero ver cómo este se ablanda y la lengua empieza a soltársele.

—Creo que tu palestina está fumada, Mario. Yo nunca me rajo.

—Bueno, eso es precisamente lo que vamos a averiguar.

Durán extendió la mano y agarró una tubería de plomo que tenía apoyada contra el entablado de la pared.

—No te atrevas —le espetó el reeducador fingiendo entereza.

Él levantó la tubería y dijo:

—Allá en el tanque siempre te vanagloriabas diciendo que un tipo como tú siempre se las sabe todas. Si eso es verdad, sabrás lo que viene ahora, ¿no?

—A ti se te achicharró el coco —dijo Julito dándole rienda suelta a su furia—. Te quemaste. ¿Tú sabes quién soy yo? —Y vociferó—: ¡Un teniente! ¡Secuestraste a un oficial del Minint, comemierda! Eso significa que estás fusilado y no lo sabes. ¡Los dos, tú y ella están fusilad…!

La tubería de plomo le pegó en medio de la boca. Julito se balanceó y cayó al suelo escupiendo dientes y saliva sanguinolenta. Cuando levantó la vista, Durán vio que el miedo empezaba a calarlo.

—Será mejor que empieces a despejar mis dudas —le advirtió—; que esta se convierta en una larga madrugada o no depende enteramente de ti.

Dunia dio un paso adelante y añadió con cinismo:

—Puedes gritar con entera confianza, todo lo alto que creas necesario. Aquí en Paraíso, gracias a la gestión de gente como tú, nadie va a oírte.

Durán volvió a alzar el caño y Julito empezó a chillar.

Suplicó que lo dejara hablar, pero Durán no quiso creerlo y se aplicó con una intensidad que terminó resultando demasiado para la vista de Dunia y la chica abandonó la choza. Una hora después, cuando el pinareño tenía las rodillas rotas, el rostro amoratado, un par de costillas quebradas, los codos deshechos y las manos machacadas, Durán se sintió más inclinado a aceptar su confesión.

Julito y Miki eran amigos desde hacía casi treinta años.

185

Lo esencial ya lo sabía, pero Julito puso de relieve aspectos más oscuros de la trama urdida por Abreu. Miki había sido amante de Silvia Ortiz durante cinco años. Ella estaba casada con el subdirector de ventas de Servitec, pero la languidez manifiesta de su marido la repelía y hacía tiempo que deseaba divorciarse y establecerse con el fogoso capitán. Robar aquel dinero le pareció una excelente idea de sumar complicidades con su amante, así que le habló de la caja fuerte en la oficina del director de Corporación Servitec y del capital de gestión empresarial que se atesoraba allí una vez cada seis meses, durante solo un día, esperando la llegada del representante de un proveedor extranjero al que compraban equipamiento y al que solían pagar en metálico, sin pasar por medios bancarios, para burlar las prohibiciones del embargo comercial impuesto a la isla.

Miki aceptó la propuesta. Se sentía agraviado por estar excluido de la cúpula de los nuevos ricos procedentes del entramado de empresas militares y le parecía una venganza perfecta robarle a las FAR. Había apostado por llevárselo todo, excepto a la chica, que no era más que otra de sus muchas queridas, y no de las más jóvenes, como él las prefería.

Lo primero que hizo fue llamar a su amigo Julito. Planearon juntos el golpe, como buenos colegas, repartiéndose las responsabilidades.

Miki tenía a su disposición a Sandoval, un tipo curtido en la acción, de relativa confianza, pero necesitaban a alguien con habilidades informáticas para burlar los sistemas de protección de Servitec, y Julito se había hecho cargo; entre los reclusos que tenía bajo supervisión había un ingeniero informático, Rubén, que seguramente podría desempeñar bien el trabajo.

—Tú nunca fuiste una opción —farfulló Julito. Sus labios parecían belfos ensangrentados y jadeaba de dolor—. Desde el principio te noté perturbado. Siempre tuve la impresión de que no se podía confiar en ti.

—Claro —dijo Durán—. Si hubiera dependido de ti, me habrías dejado guardado en la galera, protegido por los barrotes para que no me pasara nada.

—Algo así —admitió Julito—. Pero tu amigo se encaprichó en sacarte a toda costa del penal y hacerte un hueco en el operativo. No hubo manera de que cambiara de opinión. Convenció a Sandoval de tu utilidad y Miki terminó por ceder. —Escupió otro diente ensangrentado y añadió—: Una pésima decisión, basada en el apuro. Y por eso ahora estamos como estamos.

—Cierto —dijo Durán—. La culpa de todo este desbarajuste ha sido mía en última instancia, por volverme impredecible. Pero, bueno… —Sacó el teléfono móvil que le había quitado a Julito—. Vamos a ver si podemos arreglarlo.

28

$\mathcal{M}$arcó el número de Miki en el móvil.

El tono de llamada sonó dos veces.

—Dime, Julito —respondió una voz grave.

—Julito no va a poder hablar ahora —le explicó Durán—. Está ¿cómo diría yo?..., indispuesto. Pero seguro que el malestar se le pasa antes de morirse.

El hombre al otro lado de la línea se aclaró la voz y dijo:

—Eres Durán, ¿verdad?

—Diste en el clavo. Y supongo que tú eres Abreu.

—Positivo.

—¿Te desperté?

—Sí, pero eso no es un problema para mí. Estoy acostumbrado a tirarme de la cama antes del amanecer. Una vieja rutina, de mis tiempos en el Ejército.

—¿Recibiste mi mensaje?

—¿Cuál mensaje? Soy un tipo muy ocupado, como podrás imaginar.

—Te llamé a la Unidad y te dejé dicho que el juego se suspendía por lluvia.

—Ah, ¿ese fuiste tú? No sabía si había sido un chiste de alguien del Instituto de Meteorología o del Comité para los Juegos Panamericanos.

—Qué alivio, poder hablar por fin con alguien que tenga sentido del humor.

—Parece que has estado muy ocupado últimamente, Durán.

—Bueno, un poco de eso hay. Tratando de mantenerme vivo, sobre todo.

—Hay mucha gente buscándote.

—Sí, ya lo sé. Por suerte cada vez son menos.

—Una jodienda —se quejó Miki—. Si hubiéramos hablado antes, seguro que nos habríamos ahorrado un montón de dificultades.

—Dímelo a mí, que llevo casi una semana queriendo ponerme en contacto contigo. Pero parece que eres un hombre difícil de encontrar, Abreu.

—Llámame Miki —recalcó el capitán—. El problema es que tengo algunos subordinados que confunden su propia importancia de vez en cuando, y su criterio de negociación es deficiente. Para colmo de males, a veces tienden a malinterpretar mis órdenes. Es un verdadero drama nacional: cada día resulta más difícil encontrar subordinados que sean confiables y eficientes a la vez.

—Yo diría que la culpa es tuya, por no atarlos con correa corta.

—Es probable que tengas razón. Tengo que meditarlo.

—Y hablando de subordinados que se descontrolan y meten la pata, ¿qué tal le va a Sandoval? ¿Perdió el brazo o todavía lo conserva?

La voz dudó antes de contestar.

—Fue un tiro limpio. Sigue con el brazo tumbado, pero va mejorando. Ese negro tiene sangre de perro; enseguida se cura.

—Lo dudo mucho. Me gusta terminar lo que empiezo.

Miki lo ignoró.

—¿Y qué hay de mi dinero? —inquirió.

—Me estaba preguntando cuándo ibas a sacar el tema.

—¿Lo tienes?

—¿Tú qué crees? Es mi mejor baza en esta partida.

—De acuerdo. ¿Cuándo vas a devolvérmelo?

190

—Depende de tu capacidad de cooperación. Es un plan simple: tú me das lo que quiero y, a cambio, te entrego todo el dinero de vuelta.

—Y a Julito. No te olvides de él.

—Por supuesto —dijo Durán—. Julito ya cumplió su cometido. Puedes quedártelo junto con el dinero.

—Supongo que ahora me dirás cuáles son tus exigencias.

—Una sola exigencia —acotó Durán—: Sandoval. Me lo traerás.

Miki se quedó en silencio.

—¿Sigues ahí? —preguntó Durán.

—Sí —dijo Miki—. Te diré lo que haremos. ¿Qué te parece si te olvidas del negro y a cambio te quedas con un porcentaje del dinero?

—No me interesa el porcentaje. Ya tengo lo que me corresponde. Quiero a Sandoval. Tengo asuntos pendientes con él.

—Matarlo no le devolverá la vida a tu socio, Durán. Lo pasado, pasado debe quedarse.

—¿A ti qué más te da? Es un trompeta. Los chivatos son baratos, los tenemos en abundancia en este país; das una patada en un agujero y salen más chivatos que cucarachas. Están por todos lados.

—Sí, pero hay momentos en que tienes que dejar el resentimiento a un lado y seguir adelante. A eso le llaman madurar. Lo digo por experiencia propia.

Durán sonrió en la oscuridad de la madrugada.

—Ahora me dirás que a veces se pierden las batallas y otras veces se ganan, y que a veces perder una batalla significa ganar la guerra y lograr la paz, ¿no?

—No es el caso —dijo Miki—. Eso suena a Sun Tzu mal reciclado. Que se joda ese chino. Creo que sus opiniones han estado siempre muy sobrevaloradas. Yo prefiero al general Patton, que ganaba todas sus batallas.

—Patton siempre jugaba con ventaja —puntualizó

191

Durán—. Tuvo suerte de no tener que enfrentarse a Rommel en igualdad de condiciones.

—El problema es que la gente confunde a tácticos con estrategas. Un buen estratega sabe qué hacer con sus victorias.

—¿Qué quieres decir?

—Que has salido victorioso. Te estoy ofreciendo más dinero y la promesa de olvidarme que existes. No jodas tu victoria, Durán. ¿Para qué complicarlo todo con exigencias estériles?

Durán soltó un largo suspiro.

—Creo que esta conversación no está resultando fructífera —dijo—, así que voy a resumírtelo, para dejar clara mi posición: si no me entregas a Sandoval hoy mismo, vas a lamentarlo.

—Eso es una amenaza. No estás siendo razonable, ni cortés.

—Cierto, pero no me dejas opción. Este punto no está sujeto a debate. Si no aceptas mis condiciones, desaparezco con el dinero y llamo al Ministerio del Interior para contarle en detalle tu implicación en el robo. ¿Cuánto tiempo crees que pasará antes de que tengas las manos esposadas?

—Eso sería demasiado drástico de tu parte, ¿no crees?

—Bueno, no siempre las reacciones son proporcionales.

—Yo solo digo que no hay necesidad de que haya más muertos.

—Me sorprende que digas eso, Miki, teniendo en cuenta que diste la orden de eliminarnos en cuanto termináramos de hacer el trabajo.

—Sandoval me malinterpretó. Le dije que no dejara cabos sueltos, pero me refería al modo de proceder durante la operación. Aunque no lo creas, mi lema preferido es vive y deja vivir.

—Pues, paradójicamente, tu lema nos ha metido en una encrucijada.

192

Silencio.

—Está bien —capituló el hombre—. ¿Cómo quieres hacerlo?

Durán consultó la hora.

—Son casi las seis y media de la mañana. ¿Sabes dónde está el tramo de carretera entre Punta Brava y Bauta?

—Sí, claro. Pero es un tramo muy largo; de varios kilómetros.

—Bien. Cuatro kilómetros después de pasar Punta Brava hay un entronque de asfalto a la derecha que luego se convierte en un terraplén. Doblas por ese camino y llegarás a un llega-y-pon llamado Paraíso. Allí nos encontraremos.

—Y ¿cómo se supone que voy a encontrarte entre tanta gente?

—El sitio está desalojado. Ideal para hacer el canje con discreción. Vendrás con Sandoval en el Willys. Solo ustedes dos; nadie más. Por eso quiero que vengan en el *jeep*, para poder verificar que no hay trucos.

—El *jeep* no es mío —alegó Miki—. No puedo garantizarte que…

—Procurarás que así sea —lo cortó Durán—. De eso depende que nuestro trato discurra sin contratiempos. Te doy dos horas para estar aquí, así que despierta a Sandoval y dile que coja el Willys y vaya a buscarte. Recuérdalo: sin trucos; a las ocho de la mañana llegas en el *jeep*, me entregas a Sandoval y luego regresas a La Habana con Julito y el dinero. Y todos contentos.

—Así se hará.

—Voy a repetírtelo una vez más —insistió él—: si dentro de dos horas no estás aquí, no te molestes en venir. Ya no me encontrarás, y no volveré a ponerme en contacto contigo. Después de eso, supongo que la Policía Económica no tardará mucho en tocar a tu puerta.

—No te preocupes. Cumpliré lo pactado.

—Eso espero.

193

—Una última cosa —dijo Miki antes de que Durán colgara.

—Tú dirás.

—Supe lo de tu padre. Una lástima.

Durán colgó el móvil y lo lanzó a la zanja de desagües.

Amanecía. El cielo se iba inflamando de un azul despejado de nubes.

Durán llevó a Dunia en moto hasta el final del terraplén, donde el camino dejaba de ser una cinta de tierra aplanada y se convertía en un trillo de arcilla endurecida y tierra colorada rodeado de maleza. Apagó el motor y dijo:

—Creo que Gilberto ha muerto.

—¿Es un presentimiento?

—No. Es algo que dijo el tipo al que llamé por teléfono. Puede que lo hiciera para tentarme, para que fuera al hospital y así tenderme una trampa, pero tengo la impresión de que Gilberto se murió.

—Entonces ya está en paz —musitó Dunia.

Él señaló hacia el norte, en la dirección opuesta a la autopista por donde debía llegar el Willys en menos de una hora.

—Si sigues andando por este trillo, te encontrarás una carretera secundaria dentro de cuarenta minutos. Quiero que me esperes allí.

—¿Por qué no puedo quedarme cerca? A lo mejor te sirvo de ayuda.

—Es demasiado peligroso —dijo Durán—. No quiero que te expongas. —Lo pensó mejor—: Tengo que resolver esto solo. Si todo sale bien, me reuniré contigo dentro de hora y media y nos iremos juntos.

Cogió la alforja de cuero y se la entregó a la chica. Antes la había llenado casi hasta los topes con una parte del dinero empaquetado que había en los sacos. Ella se la acomodó sobre un hombro; pesaba. Lo miró fijamente; había humedad en sus ojos, pero él prefirió ignorarla.

—No te preocupes. Todo saldrá bien.

—No te quedes, Mayito —dijo Dunia—. Te engañarán y te matarán.

—Que lo intenten.

Dunia suspiró y se adelantó hacia él. Lo besó en los labios. Durán estaba frío. El calor de la chica le invadió el cuerpo. Se estremeció.

—Vámonos —le suplicó ella—. Olvídate de toda esta locura. No vale la pena morirse por algo que le ocurrió a otra persona.

—Tú no lo entiendes. Es muy tarde para renunciar. No puedo hacerlo.

La chica asintió y echó a andar por el trillo.

—Dunieska —la llamó Durán.

Ella volvió el rostro. El viento hacía ondear su cabellera negra.

—Si no aparezco en dos horas, quiero que te vayas.

—Te estaré esperando —dijo Dunia, y siguió su camino.

—No corras ningún riesgo —insistió él—. Dos horas. Después te vas.

—Te esperaré.

29

*E*l hombre oye cortarse la llamada de Durán y se mira en el espejo.

Está desnudo: a punto de cumplir cincuenta y cuatro años, posee un cuerpo de atleta, musculado y tonificado a base de duro entrenamiento diario. Sus rasgos son pronunciados, angulosos, el maxilar recio dotado de carácter. Los ojos color ámbar, de lipocromo predominante en el iris, tienen una mirada dura que nunca se relaja; quizás en esa imagen feral, que exuda peligrosidad, reside su éxito con las mujeres.

Se gira en silencio y contempla a la chica dormida en su cama, una bronceada y curvilínea rubia de veinticinco años, monitora de aerobic *step* y *zumba fitness*. Contemplar el cuerpo desnudo de su amante enciende su vigor, el mismo vigor responsable de todos sus triunfos en la vida, tanto en el Ejército, como en el Minint o en su vida privada. Había esquivado una bala mortal durante la Causa n.º 1 del ochenta y nueve, cuando maniobró para romper lazos con sus colegas militares en el asunto del narcotráfico, y luego supo moverse de filas, a tiempo de conseguir un sitio en la Policía cuando la operación Limpieza de las FAR golpeó la plana mayor del Minint.

La mayoría de sus triunfos han dependido de ese vigor y de su capacidad de previsión. Pero ahora se encuentra en un apuro, enlodado por confiar en un civil; en un vulgar rompehuesos.

El hombre marca un número en el teléfono y espera.

—¿Miki? —le responde una voz soñolienta.

—Negro —dice él en tono autoritario—, tírate de la cama y ponte las pilas. El tipo apareció.

—¿Dónde? ¿En el hospital o en la casa de Centro Habana?

—Más lejos. En Artemisa. Me llamó por teléfono.

—¿Y eso cómo fue? ¿De dónde lo sacó?

—Cogió a Julito. Está esperándonos en un llega-y-pon desalojado. Agarra el Willys y ven quemando llanta para mi casa. ¡Pero ahora mismo! ¡Dale!

—Espérate un momento —dice Sandoval—. Déjame llamar a mi gente. Si reúno un buen piquete, podemos rodearlo y aplicársela. No se escapará esta vez.

—Olvídate de armar un piquete. No hay tiempo para eso. Dentro de dos horas tenemos que estar en el punto de encuentro o el tipo se perderá. Me lo advirtió. Tienes que arrancar ahora mismo para acá.

—Oye, Miki. Ese Durán es una sabandija; está lleno de sorpresas. Si vamos solos y nos descuidamos, nos puede joder. Yo reúno un…

—Escúchame bien tú —lo interrumpe el capitán—. No quiero involucrar a nadie más. Con la cantidad de bajas que hemos tenido ya es más que suficiente. No puedo seguir arreglando tus continuas meteduras de pata. Esto es un asunto nuestro, exclusivamente tuyo y mío. Te espero en veinte minutos. No quiero tener que repetírtelo.

—Está bien —dice Sandoval—, voy para allá, pero todavía tengo el brazo medio jodido. No puedo conducir bien en esas condiciones.

A Miki le hierve la sangre. Tiene deseos de vociferarle a Sandoval, pero se contiene para no despertar a su amante. Cierra la puerta del baño. Cuando habla, lo hace con una voz muy serena, desprovista de matices, que Sandoval reconoce como mensaje terminal.

—No quiero oír tus excusas. Tendremos que improvisar.

Cuelga.

Diez minutos después está fuera de casa, completamente vestido y listo para desatar todo el vigor que le quema por dentro. Va armado con una Glock 19 de cuarta generación, con capacidad para quince disparos, y un cuchillo táctico Tornado de hoja de acero teflonado que lleva en una funda militar atada al muslo derecho.

Ocho y media de la mañana. Cielo despejado sobre un llano carente de brisa.

Otro día inclemente.

Durán estaba parado en medio del terraplén, a la espera, la vista pendiente del movimiento en la lejanía. Distinguió el Willys, un destello de rojo metalizado que frenaba al borde de la Carretera Central, tomaba la curva del entronque de asfalto y avanzaba veloz por la franja de tierra hacia él. Tan pronto como el *jeep* entró en el terraplén, una nube rojiza de polvo empezó a levantarse por detrás del vehículo, como la cola de un cometa. La visibilidad se enturbió en la distancia, pero no tanto como para ocultar la llegada de otros coches; ningún vehículo seguía al Willys.

Durán, plantado en el camino, con los sacos de yute abultados reposando sobre la tierra a cada costado, el pie izquierdo adelantado, la posición casi de perfil ocultándole la mano derecha, la mirada atenta mientras el hipnótico tempo de *If I had a heart* de Fever Ray se reproducía en su cabeza.

El *jeep*, seguido por la estela polvorienta, seguía acercándose.

Distinguió al conductor, un hombre blanco de mediana edad: Miki.

Y a su lado, Sandoval, con un brazo en cabestrillo.

A sesenta metros de distancia el *jeep* aceleró y el polvo aumentó de golpe.

Durán vio la pistola en la mano de Sandoval.

Y sonrió. Los tenía donde quería.

Lo había previsto. No iba a dejarles ningún margen de improvisación.

Cuarenta metros.

Cambió de postura, adelantando la pierna derecha al tiempo que levantaba el Python amartillado y apuntaba al *jeep*.

Dos estampidos.

Una bala atravesó el parabrisas y la otra tocó una rueda delantera haciendo explotar el caucho negro. El Willys derrapó a treinta metros de Durán, se ladeó con violencia, dio una vuelta de campana y aterrizó bocabajo fuera del terraplén, con las ruedas todavía girando.

Durán se acercó.

El hombre blanco se había salido por el costado del vehículo y yacía sin sentido sobre la hierba rala. Sandoval seguía dentro del *jeep*, inmóvil, desmadejado sobre la barra antivuelco; tenía un agujero de bala en medio de la frente.

El hombre blanco cayó al fondo del foso y rodó hasta quedar junto al vapuleado Julito. El reeducador despertó y miró hacia arriba. Vio a Durán asomado al borde del foso, una silueta borrosa recortada contra el cielo azul, y luego miró al hombre tendido al alcance de su mano.

El tipo estaba atado con una cuerda por los tobillos y tenía la espalda de la camisa hecha jirones, como si lo hubieran arrastrado amarrado a un vehículo.

Tardó un rato en darse cuenta de que el pobre desgraciado no respiraba; se había roto el cuello al caer. Julito sí podía hacerlo, pero le costaba horrores y el esfuerzo le quemaba las entrañas. El dolor no le permitía pensar con claridad.

Empezó a llover dinero; billetes de alta dotación, dólares y dólares que caían flotando sobre ellos como sobredimensionado confeti. Durán estaba cortando la banda adhesiva central que unía los fajos y lanzando el dinero suelto al foso. Julito hizo una mueca de dolor, tuvo un acceso de tos que lo obligó a escupir sangre y se estiró a lo largo. Los billetes empezaron a cubrirlo, manchándose con la sangre de sus labios y pegándose al sudor de su piel enfebrecida.

¿Por qué coño Miki le había fallado?

Sacudió la cabeza y volvió a mirar el rostro del tipo muerto.

Entonces lo comprendió.

Y empezó a reírse, de forma espasmódica, hasta las lágrimas, a despecho del dolor que horadaba su cabeza y sus articulaciones rotas; carcajadas sonoras cuyos ecos rebotaron en las paredes del foso y se elevaron amplificados hasta asustar a las tojosas que dormitaban en las ramas de una ceiba solitaria.

Los billetes seguían cayendo sin parar, amontonándose en el suelo de cemento como hojarasca impresa.

—Comemierda, te jodiste —logró articular.

Durán lo oyó y se puso alerta. Dejó de lanzar el dinero. Algo iba mal.

—Habanerito comemierda —dijo Julito riendo adolorido—. Ese de ahí no es Miki.

Escuchó una detonación lejana. Esperaba no haberla imaginado.

Le molestaba el resplandor. Cerró los ojos.

—Miki está vivo —murmuró—. Y tú estás muerto.

30

$\mathcal{M}$iki comprende que su plan original se ha ido al traste cuando escucha los estampidos retumbar en el aire húmedo y denso del llano. Lo acepta; veterano militar al fin, sabe que los planes tácticos casi siempre se hacen añicos cuando se someten a la realidad del operativo. Por otro lado, apenas han planificado algo, y con poca antelación; no disponen de información sobre el terreno, no conocen la zona y, de hecho, ni siquiera pueden asegurar que la aldea esté realmente deshabitada. El tal Durán es listo; para ser un civil, se ha revelado un hueso duro de roer.

El plan que convienen, especulativo en esencia, consiste en engañar a Durán y sorprenderlo con un fuego cruzado. Sandoval acudirá por el terraplén con Flavio —el tipo que conducía el Willys—, mientras Miki llegará por el este, cruzará el campo en su todoterreno Kia Sorento de doble tracción y, asumiendo que se trataba del «patio trasero» del asentamiento desalojado, atravesará el llega-y-pon a pie para atacar a Durán por la retaguardia.

Error.

Para empezar, las dimensiones del asentamiento resultan ser mayores de lo que ha previsto. Miki conduce el todoterreno hasta los límites del conglomerado de infraviviendas, que se extiende sobre una base de concreto de la que asoman varias estructuras en ruinas de origen industrial, y lo deja junto a una zanja de aguas cargadas de inmundicias para adentrarse en el poblado, sigiloso como un comando en misión de combate, tratando de anticipar el sitio óptimo para aparecer por detrás de Durán y tenerlo a tiro de pistola. El atajo escogido para atravesar el caserío es un laberinto de chozas y detritus de madera podrida, zinc oxidado y otros materiales desechados, apisonados por excavadoras o algo por el estilo; ralentiza la incursión sobremanera y echa por tierra su puntualidad en el lugar de la acción.

Los dos estampidos que alteran la quietud de la mañana lo cambian todo.

Su oído experto le indica que se trata de disparos de revólver, no del tipo de automática que Sandoval porta. Eso puede significar que Sandoval está muerto, herido o atrincherado sin posibilidad de responder el fuego. En cualquier caso, el chico ha vuelto a demostrar que está siempre un paso por delante de ellos.

La argucia del fuego cruzado con factor sorpresa ya no procede.

No hay mucho tiempo. Tiene que volar.

Retrocede hasta su coche a la carrera. Mientras lo hace, le parece escuchar a lo lejos el petardeo de una moto, que cesa pronto; intuye que Durán no debe haber ido muy lejos.

Alcanza el Kia Sorrento y lo pone en marcha; conduce velozmente por el costado de la aldea que corre paralelo a la lejana autopista, con la Glock en la mano izquierda lista para ser usada al menor indicio de peligro. Miki es un ambidiestro perfecto con las armas de fuego; en cambio, para el cuchillo táctico, su arma preferida, se decanta por la diestra.

Contratiempo: Sandoval está muerto dentro del *jeep* volcado. Del conductor, Flavio, no queda rastro. Lo más probable es que Durán pensara que se trata de él y se lo ha llevado a remolque con la moto. Es algo positivo; si el chico lo da por capturado, bajará la guardia y no verá venir al auténtico Miki.

Sigue bordeando el caserío hasta que, al rebasar un muro que sirve de apoyo a una serie de covachas aplastadas, distingue a Durán a unos cien metros de distancia, asomado a una estructura circular al nivel del suelo. A su lado hay una moto y un bulto que parece un saco. ¿Qué demonios está haciendo?, se pregunta.

Tiene un momento de duda. ¿Acelerar o dar marcha atrás para bajarse del coche, recorrer esa distancia por la cinta de cemento junto a la cara externa del muro y sorprender al chico? Pero entonces Durán vuelve el rostro y ve el Kia, y el momento de duda de Miki culmina.

Su primera reacción —no puede evitarlo— es casi un reflejo: buscar el ángulo propicio y apretar el gatillo.

La Glock ladra; a esa distancia dar en el blanco sería un prodigio, pero Miki sucumbe a la soberbia y cree en el albur. No se detiene a comprobar el efecto del disparo. El cazador que habita bajo su piel se estremece de expectación. Pisa el acelerador y el Sorento sale embalado.

205

El tiempo pareció detenerse para Durán. Un instante congelado: el Kia negro, reluciente como la piel de una orca emergiendo del mar; la escopeta Winchester atravesada en el cuadro de la Harley-Davidson; en el fondo del foso, los cuerpos de Julito y el falso Miki cubiertos por los billetes procedentes del primer saco.

La detonación de la Glock rompió la ilusión de estasis.

Un disparo portentoso, pero la bala siguió de largo por encima de su cabeza.

Saltó al lomo de la moto y le dio al encendido. La Harley se puso en movimiento; Durán enfiló hacia el Kia, buscando el choque frontal, usando la adherencia del suelo de cemento para incrementar el control de la aceleración.

Vio que el Kia aceleraba también y sonrió ferozmente.

A cuarenta metros del todoterreno, faltando escasos segundos para la colisión, Durán quitó gas, cambió de marcha bruscamente e inició la frenada con retención del motor; la rueda trasera de la Harley derrapó un pelo hacia la derecha y Durán aprovechó la maniobra inercial para desviarse en el último momento y meterse en la aldea a través de un segmento derribado del muro. Escuchó el sonido del frenazo del Sorento y observó de reojo cómo el todoterreno doblaba y lo seguía al interior del asentamiento. Era lo que él tenía en mente.

La persecución se convirtió en un infierno de giros repentinos, frenazos y acelerones entre bajareques intactos, chozas derribadas y restos de estructuras de hormigón aprovechadas como soporte para algunas construcciones de madera; una vertiginosa y zigzagueante carrera de superación y sorteo de obstáculos, la Harley escurriéndose por aquellas callejuelas a toda la velocidad que le permitía el caótico trazado del llega-y-pon, y el Sorento detrás, dando bandazos, ganando o perdiendo distancia mientras se abría paso a lo bruto, destrozando todo por delante en su intento de atropellar a Durán.

Miki, con la mano derecha dirigiendo el volante, sacó la pistola con la zurda por la ventanilla y disparó varias veces, pero entre el continuo zigzag de la moto y el trepidante movimiento de su vehículo tratando de compensar los socavones y los giros, sus disparos se perdieron entre las chozas y el espinoso marabú.

Durán aumentó su ventaja en un recodo estrecho, alcanzó los límites de la aldea y salió al prado de hierba rala por la parte sur del conglomerado; enseguida torció el rumbo y volvió a entrar al caserío por otra callejuela con el tiempo justo para evitar la embestida del todoterreno.

Sabía que no le convenía salir a campo traviesa, y mucho menos arriesgarse a buscar la carretera. Por otro lado, tampoco pretendía rehuir la confrontación final con el capitán; su mejor posibilidad de vencerlo estaba aquí, en este rincón anónimo y marchito, y lo estaba apostando todo al desespero de su adversario.

Miki arremetió por la callejuela y frenó de golpe cuando Durán dobló en otra esquina, dejando el Kia de lado, con buen ángulo para dispararle.

Seis disparos consecutivos.

Durán, encorvado sobre la moto mientras doblaba vertiginosamente, sintió los impactos de bala destrozar el respaldo del asiento trasero y la punta de cromo del parachoques; esta vez se había librado por muy poco.

Miki soltó una imprecación y volvió a ponerse en marcha para atajarlo en el siguiente espacio libre, pero en el caserío no se repetía ningún patrón de caminos, así que tuvo que seguir de largo y volver al frenético serpenteo para acercarse a la moto.

Durán, que había tenido tiempo suficiente para explorar el llega-y-pon, vio llegar su oportunidad y la aprovechó; dejó que el Kia ganara terreno y aceleró en el último momento para pasar entre dos muros enmascarados por el marabú.

El espacio no era suficiente para que el todoterreno pasara.

El Sorento colisionó con uno de los muros.

Se escuchó el estruendo del metal al deformarse, el cristal de los faros al estallar. Miki se estampó el volante en el pecho y la pistola se le escapó de la mano. El coche, soltando humo negro por delante, se quedó un poco desnivelado, con el canto del muro empotrado en medio del radiador, el emblema cromado KIA retorcido por la cinética del choque. Ni rastro de airbags.

Durán no perdió tiempo. Detuvo la moto, empuñó la escopeta y corrió hacia el coche siniestrado. Primer disparo: el parabrisas del todoterreno se hizo añicos. Recargó moviendo la chimaza hacia atrás y luego hacia adelante, escuchando el sonido del cartucho entrar en la recámara.

Segundo disparo, al nivel de la cintura: roció de plomo los asientos desde el costado derecho del coche.

Se asomó.

Miki no estaba. El acolchado respaldo del asiento estaba lleno de impactos de munición y había sangre, pero no mucha; probablemente el hombre se había agachado para evitar el primer cañonazo y las heridas fueron producidas por cortaduras.

Echó un vistazo al otro lado del todoterreno con la Winchester en ristre.

Ni rastro de Miki.

Vio la Glock abandonada. El corazón comenzó a bombearle con más fuerza.

¿Dónde se había metido?

—Vamos, capitán —gritó Durán—, los dos estamos muy viejos para jugar a los escondidos a estas alturas. Ten un poco de coraje.

Silencio. Durán contuvo la respiración, concentrado en los sonidos de la aldea abandonada. Solo escuchaba el crujir de las paredes de cañabrava de las chozas, el silbido arrancado por el viento al rozar una plancha de zinc.

—No te me irás a rajar ahora, ¿verdad? —dijo.

Miki estaba al acecho detrás del marabú. Pasó junto a las ramas espinosas y saltó sobre Durán como un felino, con el cuchillo táctico en posición de combate. Tenía el cabello entrecano manchado de sangre, el rostro surcado por una red de pequeñas heridas y una mueca feroz en los labios contraídos.

Un golpe dirigido al cuello. Durán hurtó el cuerpo y bloqueó el cuchillo con la culata de la escopeta, consiguiendo evitar el tajazo por centímetros. Miki aterrizó agachado, con los antebrazos desnudos arañados por el marabú, tomó impulso y se abalanzó sobre Durán, buscando cortarle la arteria femoral y acabar pronto con él. Destilaba artes marciales por los poros; Durán sabía que, si lo dejaba acercarse, sería su cuerpo el que se disputarían las hormigas y las auras tiñosas antes del anochecer. Volvió a interceptar la trayectoria del filoso acero con el cañón del Winchester y alcanzó con un culatazo circular el mentón de Miki; el hombre perdió el equilibrio y cayó de costado.

Durán bajó la boca de fuego hasta el rostro ensangrentado y apretó el gatillo.

El percutor oculto de la M12 golpeó en vacío: un chasquido inútil.

¿Estaba sin cartuchos o había olvidado recargarla?

Miki reaccionó con una patada veloz que derribó a Durán. Lanzó otro golpe de cuchillo, pero él rodó por el suelo y trató de ponerse en pie para recargar la M12. Miki se le echó encima y lo golpeó otra vez con una patada circular que le arrancó la escopeta de las manos y la envió a varios metros de distancia. Durán intentó incorporarse, pero el pie del capitán fue más veloz; lo alcanzó en medio del pecho y lo lanzó con violencia hacia atrás; Durán se golpeó estrepitosamente contra la pared entablada de una choza y cayó sentado sobre la escombrera de ladrillos y cascotes de mampostería de una habitación demolida.

Miki recuperó el cuchillo táctico y vino hacia Durán a la carrera, listo para abrirlo en canal. Durán se retorció y usó una mano para desviar el cuchillo; recibió un corte en la palma de la mano, pero el cuchillo se encajó en la madera junto a su torso. Aferró la muñeca de Miki con el brazo izquierdo para impedirle retirar el arma y le soltó tres rápidos derechazos en la sien con el puño libre.

La sangre se le metía a Miki entre los ojos, pero era muy bueno asimilando los golpes. Bloqueó con la zurda los puños de Durán y con un esfuerzo desatascó el cuchillo táctico de la madera; al salir, el filo causó otra herida a sedal en el bíceps de Durán.

Durán estiró el brazo y agarró a tientas un ladrillo con trozos de cemento de la escombrera.

Miki le asestó una puñalada en el costado izquierdo.

Durán sintió la hoja atravesar la tela de la chaqueta y entrar en su carne a la altura de las costillas; un dolor eléctrico lo sacudió por dentro y descargó el ladrillo contra la sien de Miki.

La cabeza del capitán se dobló en un ángulo inusual al recibir el impacto. Miki puso los ojos en blanco y se derrumbó.

Durán luchó contra la náusea.

Sabía que había estado inconsciente un buen rato; que había soñado con Dunia y Elsa, y los recuerdos que tenía de su madre se le entremezclaban con fragmentos del presente. Escuchó el ruido de las aves que buscaban refugiarse del calor a la sombra de las estructuras de la aldea. Miró el cadáver de Miki; podían haber pasado horas desde que cayera muerto, pero no lo sabía con certeza. Tenía la impresión de que tardaría días en recuperar el aliento. Estaba extenuado.

Le dolía respirar.

Pero seguía vivo. ¿Cómo era posible?

El cuchillo también seguía ahí; clavado. Sentía la hoja hundida en su carne, y tenía la impresión de que había tocado hueso también.

Sin embargo...

El cuchillo táctico era lo bastante largo como para penetrar bien adentro del músculo intercostal y provocar una hemorragia mortal. ¿Por qué no...?

Con el brazo derecho levantó un poco la Wrangler y encontró la respuesta. La hoja había topado con dos de los fajos de dinero que llevaba en el bolsillo interno de la chaqueta; los había atravesado, pero el grosor de los paquetes había frenado el impulso de la puñalada y la hoja apenas había penetrado tres centímetros en su cuerpo.

El maldito dinero que había matado a Rubén le había salvado la vida a él.

O quizás no.

Tal vez la posibilidad de sobrevivir era ilusoria y cuando sacara el cuchillo encajado en su cuerpo, el encanto se rompería, los circuitos biológicos que lo mantenían respirando sufrirían algún tipo de sobrecarga y caería fulminado.

En algún momento iba a tener que averiguarlo.

31

*E*l cadáver se precipitó desde lo alto y aterrizó desmadejado sobre el tapiz de dólares que cubría el suelo del foso.
Julito sintió un estremecimiento al ver a Miki; le impre-
sionaron los ojos en blanco y el cráneo destrozado.

—Supongo que a veces a la segunda va la vencida —dijo
Durán.

Comenzó a caer dinero otra vez; una fortuna en gruesos fajos que fue volcada sobre Julito, un *déjà vu* que
reafirmaba su derrota. Durán le lanzó dos fajos ensangrentados, atravesados por un cuchillo Tornado. Julito
reconoció el arma de Miki; el capitán había dado batalla
hasta el último momento.

—Se acabó —anunció Durán.

—Así es —dijo Julito con voz temblorosa—. Ganaste.
¿Y ahora qué?

Durán suspiró. Su voz se notaba cansada.

—Cuestión de opciones. Podría dejarte ahí con tu colega muerto y todo ese dinero que tanto deseabas y por el
que Miki, Sandoval y tú han jodido a tanta gente.

—Si me dejas aquí, no duraré ni un día más.

—A lo mejor pasa un guajiro que se apiada y te saca
de ahí.

—No —musitó Julito—. Por aquí seguro que no pasa
nadie. Me moriré.

—No me costaría mucho hacer una llamada por teléfono a la Policía local y sugerirles que vengan a echar un vistazo.

Julito se encogió de hombros. Cualquier gesto le dolía.

—Pero claro —añadió Durán—, con esa cantidad de dinero y la colección de difuntos que van a encontrarse, no van a demorar mucho en atar cabos con lo ocurrido en Servitec. ¿Cómo piensas salir de ese atolladero? ¿Mintiendo? Piénsalo: ¿prefieres correr el riesgo de que te metan en el tanque por veinte años, en el mejor de los casos?

—Sí —dijo Julito con un hilo de voz—. Me arriesgaré.

—Ya, me imagino. Vivir para contarlo y toda esa historia, ¿no? —Sonrió burlón—. ¿Y cuánto tiempo crees que vas a durar vivo en la jaula cuando los leones se enteren de que eras un reeducador del Combinado?

Julito había perdido toda su locuacidad.

—Olvídalo —dijo Durán—. No los llamaré. De donde vengo, los hombres nunca acuden al sistema para arreglar sus propios problemas. Miki sabría de lo que hablo; incluso Sandoval lo entendería. Pero parece que tu integridad es un poco más flexible que la de ellos.

—Necesito beber algo —suplicó Julito—. Llevo muchas horas sin probar agua.

—Tienes resaca —le replicó Durán—. Pasaste de la borrachera a la silla de interrogatorio de sopetón, sin alicientes. Lo que tú necesitas es alcohol.

Julito hubiera sonreído, pero no le encontraba ni puñetera gracia.

Arriba, Durán se apartó del borde del foso.

Julito cerró los ojos. La sed lo atormentaba.

Un chorro de líquido con fuerte olor a hidrocarburos le cayó encima; empapó su ropa y su pelo, y también el dinero y los cadáveres. Durán vertió dos bidones llenos de combustible que había encontrado en el maletero del Kia, cuando buscaba algo para curarse las heridas —después de todo, su cuerpo había resistido el *shock* al retirar el cuchillo de su costado— y le dijo a Julito:

—Lo del alcohol era un eufemismo de mal gusto, pero no pienso pedirte disculpas por eso. Lo que acabo de echarte es gasolina genérica de noventa y cinco octanos. Si le tiras un cigarro encendido encima, no prende. —Se inclinó sobre el borde y le mostró el farol quinqué que llevaba en la mano—. Pero si le dejo caer esto, arderá sin problemas.

—No lo hagas —le imploró Julito. Tosió estentóreamente; las emanaciones del combustible lo ahogaban y el líquido le ardía en todas las heridas—. Por favor, perdóname. Me olvidaré de ti; no quiero el dinero. Quédate con todo…, por favor…

—Usaste a Rubén sabiendo que iban a matarlo.

—No, no, yo no lo sabía —gritó Julito aterrado—. Eso fue cosa del negro…

—Dijiste que eras un buen perdedor —lo cortó Durán—. Asúmelo.

Arrojó el quinqué contra la pared circular.

El cristal del farol se rompió en pedazos y la mecha encendida inflamó el combustible; como un cóctel molotov. El fondo del foso se incendió.

Durán se apartó de la bocanada de calor.

Observado con la debida distancia, el fuego era una experiencia catártica.

El fragor de las llamas devorando el oxígeno se tragó los gritos de Julito.

215

Epílogo

$\mathcal{D}$unia no estaba en la autopista.

Por supuesto, se había marchado. Habían pasado horas desde que venciera el plazo de tiempo sugerido por Durán. Pero también era probable que, tentada por la cantidad de dinero que guardaba en la alforja, no lo hubiera esperado ni un segundo; se habría limitado a seguir caminando, sin detenerse, y a sacar la mano para hacer autostop a la primera oportunidad.

Durán no la culpaba.

Por otro lado, con aquellos dólares la chica podría alcanzar el fin del mundo si se lo proponía. Siempre y cuando supiera mantener la discreción. El dinero puede abrirte muchas puertas, pero también puede matarte.

Con la moto al ralentí parada al borde de la autopista, contempló la monótona cinta de asfalto; sin tráfico, reverberando al calor del mediodía, creando espejismos de humedad en la distancia. Distinguió otro entronque a lo lejos, una bifurcación del camino que buscaba conectar con la A4. Se preguntaba en qué dirección había ido Dunia; si habría escogido el norte, la costa de Playa Baracoa, pueblo de pescadores, tierra mítica de aborígenes aruacos; o decidió regresar a La Habana, seducida por la voluptuosidad de sus márgenes, o tal vez había preferido continuar rumbo este y cruzar el país a lo largo hasta llegar a Mayarí.

Encrucijadas.

El sol empezaba a castigar.

Durán se sacó las Ray-Ban del bolsillo derecho de la chaqueta; intactas, sobrevivientes. Gafas *shockproof,* pensó al colocárselas.

Giró con fuerza la empuñadura de control del acelerador en el manillar y el bramido envolvente de la Harley-Davidson le insufló libertad.

Agradecimientos

A mi madre, por darme el impulso inicial. A mi padre, harlista hasta los tuétanos, por transmitirme su pasión por la Duo-Glide.

A Rubén Argudín, por su asistencia técnica en el apartado de telecomunicaciones.

A Fabricio González, por décadas de amistad y valiosos consejos sobre mi escritura, pero sobre todo por sus críticas constructivas y su tendencia a atajar mis licencias argumentales.

A Antonio Torrubia, El Librero del Mal, por ser un *crack* promocional y un amigo a prueba de fuego.

A Alejandro Otero, por su entusiasta lectura del texto y sus apuntes sobre entramados habaneros.

A Javier Caparó y Adriana García, fieles a todos mis manuscritos desde tiempos antediluvianos.

A Teresa Udina, por ser esa persona especial que genera confianza y bienestar a su paso; una amistad de pedestal.

A mis hijos Iker y Erick, por conseguir ser respetuosos (la mayoría de las veces) con el privado espacio de fabulación de papá.

Y, en especial, a mi esposa María Elena Durán, por sus muchos años de apoyo y amor incondicional. Sin ella todo este camino habría sido mucho más arduo y, sin duda, esta novela no existiría.

Este libro utiliza el tipo Aldus, que toma su nombre
del vanguardista impresor del Renacimiento
italiano Aldus Manutius. Hermann Zapf
diseñó el tipo Aldus para la imprenta
Stempel en 1954, como una réplica
más ligera y elegante del
popular tipo
Palatino

* * *

* *

*

Indómito
se acabó de imprimir
un día de primavera de 2016,
en los talleres de Rodesa
Villatuerta (Navarra)

* * *

* *

*